谷崎潤一郎

[日] 谷崎润一郎 —————— 著　覃思远 —————— 译

金色之死

上海译文出版社

目录

金色之死

一

　　冈村君是我少年时代以来的朋友。我刚满七岁那年的四月上旬，开始上位于新川的家附近的小学时，冈村君被他家的女用人带了进来。他和我在教室里的位置始终相邻，我们俩总会把小小的课桌紧紧地拼在一起。

　　不仅如此，我还觉得，冈村君和我在很多方面都有共同点。

　　那时候我家还经营着一家很大的酒类批发店，生意红红火火，家业越做越大，店里总是顾客盈门，一派生机勃勃的样子。我虽然对此没有太多的概念，但幼小的心里总有一种欢喜和安心的感觉。

　　去上学的时候也好，在家里待着也罢，家里人是不会让我穿那种棉制的便宜衣服的。而且我在学业上也非常优秀，无论是算术还是语文，但凡是学校的课程，那些知识就像是争先恐后地自发往我的脑袋里钻一样。只要是我听过的内容，它们便毫无例外、毫不含糊、毫无阻碍地收入我的记忆，就像是往一张摊开的白纸上泼墨作画一样简单。

　　为什么很多同学在记东西的时候会显得那么费劲呢？对此，我总是百思不得其解。

　　全年级所有的同学当中，要找出一个能和我相提并论也具有我所拥有的各种长处的人，是不可能的。唯有冈村君，在某些方面与我多少有些类似，或者说甚至是凌驾于我之上。

他和我年纪相同，但个子较小，这使他显得比我还小了一两岁。他品性不错，也是个美少年。他的家里有着巨额的财富，父母早已离开人世，没有兄弟姐妹的他自幼便在伯父的监督之下被养大。那时周围有些传言，说是他将来能够继承到手的遗产多到让人震惊——那些遗产包括各种股票、矿山、山林、宅地等等，折合起来的话起码有三井财阀创始人岩崎家的一半。所以要是比较我们俩各自家里的富裕程度的话，我是无论如何也拼不过他的。对此我觉得很是郁闷。

冈村君的着装风格和穿着松松垮垮的和服、就好像演员后代的我有着很大的不同。他总是一身活泼的西洋装束，短裤，长袜子，看上去十分柔软的长筒靴，头上是一顶大小正合适的、端正的海军帽。那时候的西服比起今天来要显得更为稀罕，所以他的服装比我的更能引人注目，是别人羡慕的焦点。

在头脑方面，冈村君也丝毫不逊于我，他只是不像我一样擅长所有的课程、对所有学问都一视同仁地热爱罢了。具体说来，他讨厌数学，喜欢语文。尤其是作文，可以说是他最擅长的课程了。但就算是这样，也不见得就能凌驾于我之上。在文学天赋方面，他和我都享有出类拔萃的美誉，我们时常在这方面竞争激烈。每次考试的时候，毫无例外地都是我稳坐全年级的头把交椅，而他则是屈居次席。我们两个在老师和同学们的眼里都是出类拔萃的，所以两人反而因此而亲密起来。我们互相敬仰彼此的长处，心里私下都很鄙视全年级中的劣等生。

二

　　从那以后十年多的时间里，冈村君一直和我以同样的步伐、在同一条学习的道路上前进。那是刚好中学五年级那一年春天的事了，我问他说："毕业以后你想进什么学校啊?""当然和你一样啦!"他立刻高声回答我说。而我从上中学一年级时就开始扬言说自己将来要从一所文科大学毕业，然后做一名伟大的艺术家。

　　冈村君对数学的低能程度从那时开始愈加明显了起来，他在全年级的成绩排名和稳坐头把交椅的我相比要差很多。先前提到的数学就不用说了，物理、化学等凡是需要用到数学知识的那些学习科目都让冈村君头大。他还讨厌一个科目，那就是历史。"历史这种东西不过就是一条延长线罢了。"他一直这么认为。他最喜欢的，首先是外语，然后是器械体操、绘画、唱歌等。其中，他的英语水平在他上四年级时，可能就已经达到可以毕业的程度了。因为他那时就已经在看许多杂七杂八的原版小说和哲学类书籍了。并且，他家还给他请了来自西洋的家庭教师。不知从什么时候起，甚至连德语、法语等西欧的语言他都已经会读、会说了。他的嗓子和舌头似乎天生就适合用来发出地道的外语，就连学校里教的那些无聊透顶的教材的文章，一经他的嘴巴朗读出来，听上去都显得格外流畅，让人感觉那些话语在忽然之间都化作了美如珠玉的文字。那时日本文坛正是莫泊桑的作品最吃香的时代，就在我们大家还在借助那些很不靠谱的译文来充内行的时候，他已经可以用原文流利地读出来了。

"你看，用法语去读的莫泊桑就是这么漂亮的！"

有一次，他把莫泊桑的短篇小说《水上》第一页读给我听，然后这样说道。

就算我对法语一无所知，也能感觉到，那确实是相当美妙的文章。这下我终于理解了，为何通晓如此美妙外语的冈村君最近忽然疏远了日本文学。现在想来，我当时一定是受他的朗读影响，第一次培养起了对外语的兴趣和理解能力。

外语也就罢了，最不可思议的是，他酷爱器械体操。虽说垒球、网球、柔道等运动他都有涉猎，但其中最为擅长的还是器械体操。在学校的操场上，他不是在看书，就一定是在单杠或是双杠上转动他那柔软灵巧的躯体。小时候个子一直很小的他，从十三四岁开始，身体忽地发育起来，变成了一个肌肉发达、个子高大、兼具优雅和健壮于一身的青年。他的头发就像假发一样黑亮，他的皮肤总是雪白的，风吹日晒似乎对他丝毫不起作用。他的手和脚修长且精干，看起来很适合从事那些轻快灵巧的运动。每天就算离开学校回了家，他也总是待在自家后院里的操场上。一小时，两小时，他总是兴致勃勃地一个人练习倒立、翻跟头等技巧，完全不知道疲倦。

三

对于他对器械体操的狂热，我一开始从内心里是极其鄙视的。我一贯固执地认为，除了艺术之外，没有什么东西有乐趣可言，因而对我来说，他玩的只是一种杂技而已，根本毫无意义。站在一旁，看着他心无旁骛地练习，我心里一阵反感，很想给他一些忠告，比如"你这样下去可成不了艺术家啦"之类的。

某个秋天的傍晚时分，刚下课没多久，我像往常一样，想和他进行一些文学方面的探讨，便去他家拜访，正赶上他在热火朝天地练习。他径直让下人把我带到了操场。

"哎呀，失敬啦！要不你也过来练一下啊？"

他背对晴朗的蓝天坐在铁杠上，用一种愉悦的声音高声叫道。对看惯了学校制服的我来说（冈村君在家时也总穿着制服），花哨的青蓝色运动服穿在他身上很合身，那近乎半裸的姿态，有一种不可思议的、妖艳的美感。

"不然的话，你就在那里看一下吧。不练出一身汗，我总感觉不舒服。"

说完，冈村君又气喘吁吁地给我演练了大约二十分钟各式各样的特技。我默默地在旁边看着，渐渐被吸引了进去。最后，对他所展现的高超的技巧和敏捷的动作也开始羡慕了起来。"动若飞鸟"，这个词完全就是为了形容冈村君那神奇的技艺才被发明出来的吧！……他从地面呼的一下蹿上铁杠，转眼间两脚朝天竖起，就像一只蝙蝠一样俯冲而下，那迅速敏捷的程度令人叹为观止。他的手脚就像投石车的皮带似的，猛然朝空中飞去又立刻反弹回来，像辘轳一样缠绕在铁杠上。在此期间，铁杠被他那如同鞭子一样的身体痛苦地拍打着，发出噼噼啪啪的声音。杠上运动之后，他又做起了别的动作，比如从台阶顶端倒立着往下蹦；用一丈多长的竹竿作为支撑，从院子里的松树梢上高高地跃过……那跳跃的景象，无论谁看了都会觉得这根本就不是人类能做出来的动作。

"让你久等了！这下舒服多了。"说完之后，冈村君走到我身边，那肌理细腻白皙的小腿处，无数的银色砂粒附其上，就像是穿了薄薄的一层袜子。

那天晚上他拉着我，滔滔不绝地给我讲解艺术和体育的关系。他说，要想领会作为欧洲艺术渊源的希腊精神的精髓，就必须认识到体育的重要性，所有的文学、所有的艺术，都始于人类的肉体美。在轻视肉体美的国民中间，说到底是无法产生伟大的艺术的。出于这种看法，他给自己所练的器械体操起了个名字，叫做"希腊式训练"。他甚至极端地说，在没有经历这种训练的情况下，无论多么伟大的天才，说到底，都没资格称得上是真正的艺术家。

对于他所说的话，我认为言之有理，自己对体育的轻视确实是一种偏见。但我也不认同他的肉体万能说，只是觉得他的话有点过于危言耸听了。

　　"与肉体相比，思想还是第一位的。如果没有伟大的思想，伟大的艺术就无从诞生。"

　　记得我当时是这样反驳他的。

四

　　日子就这样一天天过去了。冈村君虽然和我一样憧憬着艺术，但我们并没能在同一条路上越走越近。也许，只要两个人不是同一种人，那这种事情就是一种自然而然的趋势吧。可悲的是，变化的不仅仅是两个人的思想，不久之后，两个人的境遇也是如此了。

　　我家早在两三年前就开始陷入了经营不善的境地，本就不多的动产、不动产都渐渐地落入了他人之手。这种状况不断恶化，以至于最后连维持店铺都困难了。那是因为在我中学快毕业的半年之前，父亲突然去世了。作为岛田家嗣子的我，需要照顾母亲和三个弟妹，今后该如何支撑一家人的生活，忧烦不已。在整理父亲遗留下来的债务时我发现，留给我们母子数人的能称得上遗产的东西只有不足两千日元的股票而已。最后，亲戚们都劝我把将来读大学要填的志愿替换掉，要么选择工科，要么选择医学，再不济也得读个法学，但我坚决不接受。"不管怎么样，我就是想学文学。就算往后的日子再不能像以前一样宽松了，我也不给家人添麻烦。我一定要成为一名艺术家，并以此安身立命。"我越发坚定了自己的意志。

　　在我一家的生活陷入如此困境期间，冈村君的财产却没有发生

10

任何动荡。他的资产太多了，不至于受一点打击就倾家荡产。他想的是，只要到了法定年龄，他就要尽早脱离伯父的监督，完全自由地支配所有属于自己的财产，这件事他跟我提过很多次。"我是一个富家子弟。完美地拥有庞大的资产、强壮的体魄、俊美的容颜，以及青春。"这一想法想必一直在他的内心深处萦绕。不知何时起，他变得极其傲慢，穿着极其华丽，行事放荡不羁。身为中学生的他，留着分头，戴着金表，抽着卷烟，甚至还戴着钻石戒指出现在我眼前。说起五年级的冈村君，学校里无人不知无人不晓，都知道他是一个令人讨厌的人。无论是老师还是学生都讨厌他，说到朋友更是没有，因为没有人傻到要去接近他。唯独我和他亲近。但就算是我，也要时不时地被他那令人生气的言行所折磨。

"我真是一个幸福的人。从各个方面来说，像我这样幸福的人应该很少的。唯有一点不太叫人满意，那就是，我家虽然有钱，但是没有爵位，如果我是华族子弟的话，那就真的很幸福了！"

他有时会像这样心怀不满、唉声叹气地说道。在那时，至少是对他华丽的穿着和奢侈的行为，我还没有进行过恶意的解读。

据我的判断，冈村君的奢侈并非出于一种卑劣的欲望，而是来自于他那崇尚"美"的艺术家的气质。"财富不一定伴随着美。但美往往需要借助财富的力量。"一贯深信这句话的我，对冈村君的富有只有羡慕，没抱有丝毫的反感。在我看来，他夸耀自己的财富，是源于要宣示自己的美。但他渴望世俗的爵位这一点很出乎我的意料。听到他这么说的时候，我感觉自己看错冈村君这个人了。

"以前真是高估冈村君了，我被他欺骗了。"我在心里暗暗说道。

我打算不着痕迹地促使他反省。于是对他说道："有钱人当然幸福了，但他们往往会有很不幸的结局。因为财富这种东西会在不知不觉中让人的灵魂堕落啊。"

　　"没必要担心这个。有钱人会堕落，只有在他们试图让钱增值，于是去搞实业的时候。如果每天都不工作，就只是玩，那有钱人总是很幸福的。"他满不在乎地回答道。

五

　　中学毕业的那年夏天，我顺利地考进了东京第一高等学校。而冈村君由于数学不怎么好，最终名落孙山。要说地方上的高中的话，他也能勉强考得上，但他说了，绝不离开东京的土地，哪怕是一寸也好，于是也就接受了自己落榜的事实。

　　"别急，明年再考。今年玩命把数学再好好学学！"

　　说这话的时候，他脸上并没有显得特别的沮丧。之后有一段时间，他似乎每天都花两三个小时来学习几何和代数。

　　"你还不如干脆去西洋留学算了。"我对他提出这样的忠告时，他回答道："去倒是很想去的，但我伯父就是不准我去。只要他还活着，基本上不可能。"

　　就算是被苛刻的校规所束缚，也要过着异于常人的奢靡生活，冈村君就是这样的人。在远离学校生活一年之后，他的姿态、举止等都达到了华美的极致，呈现出了惊人的变化。以前不太喜欢和服的他，突然之间就有了很多华美的条纹图案的羽织①、和服，每天都变换着花样出现在别人的面前。

　　"总体来说，日本男性的服装太过朴素了。西洋人就不用说了，就连中国人和印度人，他们的男性服装都有特别鲜艳的色彩，富于曲线变化，是可以画在日本画或是油画上的东西。而日本男性的服装嘛，哪像一幅画啊，简直什么都不是！穿着这种没有艺术感的衣服，还不如裸体好看呢。日本在德川初期的时候，男女服饰基本没什么区别，流行的都是那种奢华的服装，现在喜欢穿唐栈②、结城绸做的衣服，都是继承了幕末时期那些因循守旧的町人趣味的缘故。现代的日本人还是应该恢复到庆长元禄时代那种华美大气的古风装束才好。"冈村君是这么认为的。

在没有太走极端的范围内，他尽量用女性的布匹制作和服，并穿着它招摇过市。有时候他会穿着黑色条纹绉绸、带家徽的和服，再套上小黑圈花纹棉衣，穿着特意钉有铁片的雪天防滑木屐哒啦哒啦地四处走，或者穿着粗糙的黄八丈布料③做的同款衣裳，再捆上白色的博多产的角带④，此时通常不会戴上帽子，而是任由留得长长的漆黑的鬓发在风中飘散，悠哉悠哉地往前挪动那近乎六尺高的伟岸的身躯，那样子既气派威武，又略有点说不上是俗气还是滑稽的感觉，这使得身边经过的路人都会侧目、回顾或投射来惊讶的目光。那时的他热衷于化妆，每个月要去五六趟美容师的家，在外出时总是略施一些水白粉，甚至于嘴唇上也会涂上一层薄薄的口红。他的容貌天生就很俊美，所以谁都没留意到他的这些举动。

"我始终深信我的外形就是一幅画。"他一脸骄傲地说道。

---

① 和服外褂。
② 浅葱色、红色等竖条纹的棉织品，在江户时代常被用作和服面料。
③ 黄色质地、茶色条纹或格子图案的绢制品。
④ 和服的带子。

穿着那样的服装，却一点也不让人觉得古怪，这完全是因为冈村君的气质使然，别人是万难企及的，我暗自钦佩。也难怪冈村君常去游玩的新桥、柳桥、赤坂边的艺伎们都很崇拜他了。

"像你每天这样生活，可能也不会想着再去上学了吧?"

我这么问他时，他频频地摇头说道："那可不对! 我是绝不会轻视学问的价值的。你可能还没弄明白我是什么样的人吧?"

但我的心里还是半信半疑。也许是不知不觉之间他把数学给补上来了吧。在第二年的夏天，他以优异的成绩考进了一高。这让我更是钦佩不已。

六

　　我始终觉得，至少在学问这一点上，我并不比冈村君差。再加上自己是穷学生这一事实也成为了一种刺激，于是我开始忘我地投入自己的学业，甚至为此而患上了严重的神经衰弱。

　　我的脸颊消瘦，面色变得苍白，身影看起来凄凉而落寞。我想的是，要想成为伟大的艺术家，首先就要进行充分的哲学研究，否则是万万不行的。

　　我用蹩脚的德语拼命阅读尼采、叔本华等。结果，雷克拉姆出版社那廉价的细小铅字让我迅速成了高度近视。

　　"读书确实很重要，但最重要的还是拥有一双完美的眼睛。"他说。冈村君是绝不会去看那些字体很小的书本的。他打开学校的德语老师教过的《拉奥孔》第十四章，伸到我的面前时这样说道。

　　"说到眼睛，我觉得作者莱辛还真是一个自私的人啊。你看，这里有一段是这么写的：'但是如果我在享用肉眼时，我的肉眼的视野必然也就是我的心眼，而失明就意味着消除了这种局限，我就反而要把失明看作具有很大的价值了'。① 这应该是莱辛对弥尔顿的失明的赞美之词。如果人们空有一双肉眼，却为此而被限制了心眼的活动的范围的话，还不如没有肉眼比较好。这是多么荒谬的理论啊！要我说，没有肉眼的所谓心眼，在艺术上是毫无意义的。我认为拥有完美的功能是作为艺术家的第一要素。所以，莱辛这个人从根本上就是对艺术进行了错误的解释。"

"意思是你不觉得弥尔顿很伟大？"

"我不觉得。可能荷马是例外吧，不过他到底是不是真的盲人，这似乎还有点疑问。"

冈村君对莱辛的言辞攻击是极为猛烈的。他每次翻开《拉奥孔》，都会把它骂得体无完肤。

"还有这儿，是这么写的：'阿喀琉斯动了怒火，一句话不说，就狠狠地打了他一顿耳光，打得他齿落血流，登时就断了气。这太狠毒了！这位暴戾杀人的阿喀琉斯对于我来说，比起那心怀恶意而狂吠的特尔什提斯还更可恨。……因为我觉得特尔什提斯也是我的亲属，也是一个人。'这段是关于特尔什提斯被阿喀琉斯杀死的场景的评论，说是把耳朵和脸颊之间的部位打得粉碎，牙齿都从伤口飞出来了，血也流个不停，等等，这写得太残酷了，这让之前特尔什提斯给人的那种滑稽的感觉完全消失了；反倒这么残酷地杀了人的阿喀琉斯让人感到可恨，哪怕特尔什提斯的容貌再丑陋，但既然他和我们一样都是人，那就必定会让人产生怜悯，等等。其实在我看来，滑稽的人物怎么都是滑稽的。让他死得样子古怪一些不是更

---

① 原文为德语。译文引自朱光潜译《拉奥孔》，后同。

加有趣吗？想象一下活着的时候一直都很可笑的特尔什提斯脸被揍得乱七八糟、血肉横飞、在地上蠕动的样子，不是很滑稽吗？评论文学的同时还要受道德上的感情的支配，说什么阿喀琉斯很可恨之类的话，真的是太愚蠢了！"

"你所说的总让人觉得有点病态。想想看，假如说这种残酷的描写不是诗而是被画成一幅画，你看到这样的画还会觉得滑稽吗？"

我反问之后，没想到他愈加得意了，又开始了他的长篇大论。

七

　　"就算不觉得滑稽吧，但肯定是会有快感的。可能画成画更有趣。把某种艺术上的快感说成是悲哀，或是滑稽，或是欢乐，等等，这就大错特错了。因为世界上不可能存在纯粹的悲哀、滑稽或是欢乐。"

　　"这点我也赞成，看来你不同意在诗歌和绘画之间存在着莱辛所说的那种界线喽？"

　　"完全不同意。对于《拉奥孔》的内容我是彻头彻尾的反对！"

　　"你也太草率了。"

　　"你听我说啊！我相信，用眼睛去看，如果不是第一眼就能看出来的美，也就是说，如果不是那种在空间上存在的色彩或是形态的美的话，那就没有画成画、作成文的价值了。这其中最美的就是人类的肉体。思想这种东西，哪怕它再伟大也是看不见摸不着的，所以思想美这种东西是不存在的。"

　　"也就是说，要成为艺术家，并不需要研究哲学了，是吗？"

　　"那是当然。美不是想出来的，而是第一眼看上去就能感受到的。其发现的过程是极其简单的，而发现的过程越是简单，美的效果反而就越是强烈。你读过瓦尔特·佩特的《文艺复兴》吧？我记得在这本书中，他写了'所有的艺术中最为艺术的就是音乐'之类的话。也就是说，没有什么能比音乐给人带来的快感更为直接、更为简单、更为便捷的了。就算是再美的诗歌、再好的绘画，都不可能不多多少少有一些价值。相反，钢琴也好，小提琴也好，所有的乐器发出来的声响都是毫无意义的。声响并不会促使你去想象，你只是感觉到它很美而已。就这点来看，我们可以说，没有什么比音乐更符合艺术的要求了。"

"既然如此，那你当个音乐家不就好了吗？"

"但是，很不幸，我的听觉不像我的视觉那么发达啊！所以我不太能感受到声音所造就的美感。音乐在唤起人们心中固有的美感的形式上很优越，至于在美感本身的内容上则还有所欠缺。所以对我来说，最理想的艺术就是尽量用音乐的方式去描绘眼睛所能看到的美。"

"这么难的事情你能做到？"

"就算做不到我也要尽力试一试。接下来我又要批判一下莱辛了。《拉奥孔》的主旨，简单说来，就是下面这两句限制了诗歌和绘画的范围。一句是'绘画是要把事物的共存状态作为构图的，因此，它可以仅仅只捕捉动作唯一的瞬间。这样一来，它就不得不选择足以暗示其前后经过的最为含蓄的瞬间'。另一句是'由于同样都是描绘诗文或事物的发展状态，所以它可以仅仅捕捉形体的一个特征，这样一来，它就不得不选取最能令人清楚联想到事物的全部形体而不仅仅是一个场面的特征'。——大概就是这意思吧。首先第一点，从定义开始，我就有不能认同的地方。确实，绘画就是描

20

绘事物的共存状态。但是说到必须选取能够让人明白前后经过的含蓄的瞬间，它的依据是什么？绘画的兴趣点并非存在于题材所体现的事件或是小说中。比如罗丹的作品中，有一个人抱着另一个人的尸体的雕塑，假设上面有《萨福之死》的铭牌，那么要从这幅作品中体味到美感，就必须了解萨福的生平吗？必须知道那个瞬间前后所发生的事情的经过吗？……"

八

"……我觉得这个理论很可笑！绘画和雕塑的美就在于，无论在什么场合下，它们都应该通过当时所呈现的仅仅是色彩或是形态的效果，来给观者的头脑留下短时间的、直觉性的东西。所以，如果说罗丹的《萨福之死》是美的话，指的就是这座雕塑中所展现的两个人的肉体很美。这和萨福的个人经历没有任何关系。"

"如果了解了她的历史，不就更感兴趣了吗?"

"但那是对历史的兴趣，不能说是对艺术的兴趣吧? 那种兴趣并不是艺术的要求，所以感不感兴趣都无关紧要。因此，对画家来说，如果存在最应该选取的瞬间的话，那就只能是捕捉某个肉体达到最上层、最强的极致美的一刹那的姿态了。而莱辛又把画家应该捕捉的'含蓄的瞬间'的范围限制得非常狭窄。'所以拉奥孔在叹息时，想象就听得见他哀号；但是当他哀号时，想象就不能往上面升一步，也不能往下面降一步；如果上升或下降，所看到的拉奥孔就会处于一种比较平凡的因而是乏味的状态了。想象就只会听到他在呻吟，或是看到他已经死去了。'希腊的拉奥孔的雕塑中，他被蛇缠绕着，只是一味地在叹息。他的表情很悲伤，却又很安静，绝

22

不是扭曲着脸、发出苦闷的叫喊声。但在接触到那雕塑的时候，你就能充分地想象他那绝望的痛苦了。相反，如果让拉奥孔发出了激烈的叫喊声、露出极端苦闷的表情，他的雕塑也就失去余韵了。观者的想象力一步也无法踏出雕塑所展现的范围，只是听着拉奥孔痛苦的呻吟、看到他那眼看就要死去的样子而已。像这样，避开所有强烈的刺激，展现有想象余地的那一刹那，这就是莱辛所谓的'含蓄的瞬间'。按照这个理论，像人类濒死时的瞬间就几乎是很难被画成画或是做成雕塑的了。刚才我也提到了，在体会美感的时候，了解事情的前后经过是毫无必要的。拉奥孔是在悲叹也好、叫喊也好，甚至是鲜血淋漓地呻吟也好，只要能把那瞬间的肉体美充分展现出来就足够了。"

"那就是说，我们在鉴赏艺术的时候，所谓的想象力其实是毫无必要的？"

"当然，我对想象这种无关痛痒的东西是极其厌恶的。不管怎么样，如果不是在自己的眼前清晰呈现，不是眼睛看得到、手摸得到、耳朵听得到的美，我是不会认可的。如果体会不到没有想象余地、就像被弧光灯照射一样的那种强烈的美感，我是不甘心的。"

"这种论调可能只适用于造型美术，很难应用在诗歌、小说等领域吧？"

"也许很难，但也不是完全不适用啊！如果我生来就是一个手稍微灵巧一些的人，也许我就不搞文学，而是去画画或是当雕塑家了。但我只有写文章的才能，所以没办法。无论如何我都要想方设法用文章去表现和绘画、雕塑等所能表现出的同样的那种美。到底会搞出什么名堂来，我现在暂时还不清楚。不过，像莱辛所说的那种'诗歌是描写事物的发展状态'或是'只捕捉形体的某一部分'之类的法则在我的眼里是不存在的,这我可以事先断言。"

冈村君的长篇大论到最后听起来略带几分苦涩。

我在心里忍不住嘲笑他:"理论说得是很动听,但什么样的东西才符合你的要求呢?你要能写的话倒是写出来给我看啊!"

九

　　我拼命苦读了两年左右，在我刚上高中三年级的那一年才开始着手写一些诗歌、小说之类的东西，并向各个杂志社投稿。我的名字很快得到了文坛的认可，被认为是新进作家当中前途极其光明的一个。对当时的我来说，这是多么值得高兴的事啊！我开始憧憬自己的名字和尾崎红叶、樋口一叶、正冈子规等人并列，被刊载在明治文学史某一页上的画面。意气风发，兴之所至之下，我胡乱尝试创作了很多作品。实际上，我的灵感喷涌而出，已经到了不得不提笔一挥而就的地步，所以我做梦也不会想到，哪怕写得再多，也总有文思枯竭的那一天。

　　"我终于还是赢了冈村君了！"

　　我不由得这么想道。

　　对于艺术应该采取的态度，冈村君并不能作出决断。他十分迷茫，这一点我作为旁观者看得一清二楚。要论嘴上功夫，他倒是说得天花乱坠，但从未付诸行动。说起来……他所讨厌的哲学自不必说了，他甚至没作出过研究一些与文学相关的正经书籍的姿态来。他经常读的，只不过是一些法国的诗歌、小说，要不然就是一些关于美术的书籍而已，其中，只有关于绘画和雕塑的，不仅是西洋的，就连印度、中国、日本的各种书籍，整体上他都谙熟。他动不动就烦闷地说道："我不当画家实在是太可惜了！"

"自古以来所有的画家当中你最喜欢哪一个？"我曾经这么问他。

"日本的话是歌川丰国①，西洋的话是劳特累克②。"他回答道。

正因为喜欢劳特累克，他也很喜欢基亚里尼马戏团③。

"日本人就是体格太瘦弱了，所以日本的马戏就不好玩。西洋人的基亚里尼马戏团比喜剧都更有艺术感。我想创作出类似于基亚里尼马戏团那样的艺术。"他一直这么说着。

随着时间的流逝，冈村君的言行越来越奇怪了，动不动就说一些让人不知是认真还是开玩笑的话。

"最下等的艺术就是小说，其次是诗歌。绘画比诗歌要高贵，雕塑又比绘画高贵，戏剧又比雕塑高贵。但实际上最高贵的乃是人类的肉体。艺术就要首先从把自己的肉体变美开始。"

这是他写在笔记本开头的一段话，他曾经给我看过。冈村君按自己所说那样实行了的，就唯有这"把自己的肉体变美"这件事了。他现在都还在练习器械体操和化淡妆。

"基亚里尼是用活着的人的肉体合奏出来的音乐，因而是至高无上的艺术。"他的笔记本上还写了这么一句。

---

① 歌川丰国（1769—1825），日本浮世绘歌川派创始人歌川丰春的得意弟子，歌川派早期最杰出的画师。擅长歌舞伎演员题材的绘画。
② Henri de Toulouse-Lautrec（1864—1901），法国后印象派画家、近代海报设计与石版画艺术先驱，被人称作"蒙马特尔之魂"。
③ Chiarini，第一个到日本表演的国外马戏团。劳特累克创作过相关题材的画。

另外还有这样的内容："建筑和服装都是美术的一种，既然如此，那料理为何称不上是一种美术呢？味觉上的快感为什么就不算美术呢？我对此感到迷惑不解。"

我对他说道："你之所以会有这些疑问，是因为你不知道美学的结果。"

但他完全不以为意："美学有什么用！"

"在人类的肉体方面，男性美次于女性美。所谓的男性美大抵都来自对女性美的模仿。希腊的雕塑中那种所谓的中性美，实际上只是拥有女性美的男性而已。"

"艺术是性欲的体现。所谓艺术的快感，就是生理或是感官上的一种快感。所以艺术不是精神上的，而是实感上的东西。绘画、雕塑和音乐自不必说了，就连建筑也脱离不了这个范围。"

"希腊人把体格的巨大作为肉体美的要素之一。所以优秀的艺术都具有庞大的质量。"

除此之外，还有很多很多的警句，都表明了他那病态的艺术观。

十

我就像朝阳一样，在文坛冉冉升起。对于我的盛名，冈村君似乎并没有表现出嫉妒或是羡慕。但他从自己的艺术观出发，相信我所尝试的努力完全没有意义，因而一点也不值得高兴，这一点是确切无疑的。我一方面对他表示轻蔑，另一方面也对他的存在感到忧虑。每次看到他，就意识到自己现在从事的工作很不稳定，很盲目。"他这辈子可能毫无作为，但他始终是个天才!"我不禁这么想道。

在我毫不间断地工作的时候，冈村君却在不间断地游玩着。"尊重学问"这句他起初的宣言，不知在什么时候被抛弃掉了，他的奢靡放荡日益加剧。他几乎不怎么去学校了。他的容貌体格和服装也日益华美艳丽，放射出的光彩甚至让人不敢靠近。有时我想去和他说几句话，但在那种华美的逼迫下，我常常保持沉默。很多女人为他流泪，为他甘愿舍弃性命。这涵盖了几乎所有阶层的女人。料理店、情人茶屋等理所当然他都会光顾。他还利用自己的家庭关系，频频出入各种各样的夜宴、游园会等场合。

"啊，好想去西洋啊，要能生为拥有健美体格的西洋人，这是

28

我最大的不幸了。"

那时候他极度崇拜西洋，总是说着"只要是日本的东西，什么都讨厌"之类的话。但或许是因为其中有一些错综复杂的情况吧，他的伯父就是不让他去西洋。

虽然沉浸在每日每夜的欢乐中，但他健壮的体格却丝毫不见消瘦。当然，他是不喝酒也不吸烟的。

"喝酒吸烟之类的会让人体的功能麻痹，这样就很难充分体会到快乐的感觉了。如果不维持健康，就没有资格享受强烈的刺激。酒能让人沉醉，但醉醒之后就会催生忧郁的情绪，我很讨厌忧郁，我就想永远快快乐乐地生活。"或许因为这样，他的气色很好，脸上总像是闪着光一样，眼神也总是清爽、欢乐的。

在这期间，冈村君曾经前后两次在学年考试中失利。我上大二之后，他还不得不在高中晃荡。他的落选不是因为考试失利，而完全是因为他平常缺席太多的缘故。他经常有消失半个月甚至一个月的情况，别说学校了，甚至在家里也找不到他，大家谁都不知道他到底身在何处。

就这样，在我上大学三年级的秋天开始，我就完全见不到他了。我时常会听到"他可能退学了"，或是"可能被学校强制退学了"之类的传言。

有必要说明一下的是，文坛上对我的评价也从那个时候开始一落千丈。我每次写的东西都会遭到那些冷酷的评论家们穷追猛打，承受百般的辱骂和诽谤，再加上父亲的遗产逐渐被坐吃山空，而这些原本是用于支付我的学费和全家人的生活费的，所以就算我内心有所抵触，终于还是不得不开始走上了"想方设法挣稿费"的道路。我曾经深信我的思想绝不会枯竭的，但它在此时忽地走到了一个瓶颈。自己一辈子都要背负像这样的痛苦，为生计所迫，需要不断写一些荒谬可笑的"花边故事"了吗？这么一想，一种不安向我侵袭而来——艺术家过的可不是这种非艺术的、毫无意义的日子啊！

每次我内心不安时就会首先想到冈村君。由于太久没有会面了，某一天我突然心血来潮，于是便前往他的府邸拜访。那天他刚好在家，看着坐在客厅椅子上的我，他说道："有一阵子没见，你可消瘦多了呢！"那座房子里有一面镜子，我比较着镜子中照出的我们俩的脸，对自己孤单而消瘦的容颜感到了一阵羞耻。这时他的眼神忽然像往常那样发出了欢欣的光芒，说道："你知道吗，我现在已经脱离伯父的监管，可以自由地使用自己的财产了！从今往后终于可以创作我独特的艺术了，你拭目以待吧！"

"是不是打算写写我们之前说过的那种诗？"

"不是诗，也不是绘画，或者雕塑，这些都太拖沓了。是比这些都更短的、更大规模的东西。我要在自己的周围营造一个绚烂的艺术天堂，我要创作形式崭新的艺术。你就等着瞧吧。"

说完之后，他笑了笑。

十一

　　冈村君从二十七岁那年春天开始投入他长期以来处心积虑的独特的艺术创作。他说，他首先要调用属于他自己的所有的庞大财产，把它们全都拿出来充作创作的费用。

　　他在长满芦苇的湖畔的一块风景秀美的地面上，买下了一块二十万坪左右的地皮，然后开始大兴土木。那地方是一块盆地，位于东京西部，距东京数十里，靠近相州箱根山山顶，从仙石原通往乙女峰的山路上稍微往左一些的位置。

　　埋田，平地，伐林，挖池，造喷泉，筑小丘……他每天雇用数百个工人，开始建造他自己设计的艺术天堂。

　　首先是把清冽的湖水引入宅邸内，在青翠欲滴的山丘中间蓄满，形成一个入海口的样子。帆船、凤尾船和龙头鹢首船以及各种各样的扁舟漂浮其上，就像一座美丽的海湾。海湾的水九曲十八弯，或是形成带状的小河，在广阔的庭院中蜿蜒流动；或是化为奔腾湍急的水流，冲刷在嵯峨的奇岩怪石的缝隙之间；或是形成高达数丈的瀑布，吐着烟雾，从绝壁上冲下。小河边的两岸上栽培了无数的水仙、棣棠、菖蒲、桔梗和败酱等四季花草。

光照充足的南面的斜坡上开了一片桃花林，那里放养着牛、羊、孔雀和鸵鸟等各种禽兽。而就在这穷极了千姿百态的山水胜景中，建有几栋聚集了古今东西样式精粹的建筑物。在突兀耸立的南派画风的奇峰秀岭的顶上，耸立着几座中国风的楼阁，让人联想到《游仙窟》中的诗句。在眼花缭乱的花园的喷泉周围，希腊式风格的四角形殿堂环绕着石头圆柱。在向湖中探出的海角的一角上，藤原时代风格的钓殿紧邻水面，勾栏横列。密不透风的森林中间，罗马时代的大理石建造的浴室中，沸腾而起的珠玉一样的热水在翻滚着。还有，春天，在可以一览周边美景的东洋式高台上，夏天，在凉风吹入的弯曲海岸上，秋天，在可以俯瞰山谷间红叶的幽邃的地方，冬天，在暖和的深山之中，都建有应和了四季的各种住宅。或是模仿巴台农神庙、凤凰堂的意趣，或是仿照西班牙阿罕布拉宫样式、梵蒂冈的宫殿。众多山谷中的丹楹粉壁在朝阳下熠熠生辉，圆柱檐瓦在夕阳下金光闪闪，让人不禁惊叹仿佛是古诗中所云的"蜀山兀，阿房出"在此重现。此外，这些建筑庭园所到之处都有无数的雕塑安置点缀其间。许多雕塑似乎也是模仿古代的杰作，佛像、女神之类的自不必说，就连从人类到鸟兽的物件也一概网罗。

　　尤其令人赞叹不已的是，在入口处的石门的大道两旁，有着模仿明十三陵的象、虎、麒麟、马等的坐像和立像，还有宅子中央草坪上立着的罗丹的《永远的偶像》。不可思议的是，该偶像的男性的脸庞看上去就像是按照冈村君的样貌来制作一样，简直和他一模一样。罗丹的雕塑是他平生最为崇拜的，因此基本上大部分的罗丹的作品都汇集在这里。

　　建筑最终完工是在两年之后，而他所谓的"创作"可不是仅仅如此而已。

"迄今为止的工作简单说来，只不过是为我的艺术创作做准备而已。就像是演戏之前的道具一样。接下来才是我真正创作工作的开始。"他说。

"说的也是啊。哪怕花再多的钱，造再漂亮的建筑也只是模仿他人的艺术而已，可不是你的创作啊！"

听我说完，他脸上露出和平常一样傲慢的浅笑："等我最终全部完成之后我会马上通知你的，那个时候你再来评论吧。接下来的半年时间里我暂时和任何人都不会见面了，一心一意搞我的创作，你就再等等吧。"

就这样，冈村君又消失了。他可能今天还在东京出现，明天就回了箱根，或是去了关西，去了北国，远的还去了朝鲜、中国甚至是印度，就好像是繁忙的商人一样在全世界游荡。其间他究竟进行了何种创作，我一概不知。

十二

　　"我花费毕生精力进行的创作终于完成了，我沉醉恍惚于自己所创作的艺术美中，我相信这就是我多年在脑海中描绘的理想艺术。说实在的，我不想让自己所创作的东西被别人看到；我只想独自享受。但你是最能理解我的想法的人，而且我们也有约在先，所以，如果你答应保守秘密的话，请你务必前来一起欣赏。看你什么时候方便，一周也好，十天也行，欢迎你到箱根住上一阵。"

　　在建筑完工之后的第二年春天，终于接到了这封通知。我虽然半信半疑，但还是怀着不管怎么样先见他一面再说的心情启程了。

　　那是四月中旬的一天，朝霞满布的天空清澈透蓝，万里无云。我一早起来就离开了东京，在差不多下午两点的时候，我从汤本开始爬了十六公里的山路，走到了能远远地看到他府邸楼门的高原的一端。我以前也经常来箱根，原本以为这一带地势应该比较明亮，当看到他那宏伟的府邸之后，感觉这里的山山水水都发生了翻天覆地的变化。这使我不由得想起了传说中的浦岛太郎和瑞普·凡·温克尔的故事。

　　进门之后，冈村君已经在那里等着我了。他身上穿着罗马时代的那种宽松的白色长袍，脚上穿着拖鞋，弯腰站在那座大象的雕像下面。然后在逐渐下沉的朦胧的夕阳下，略显困倦地蹲了下来。

"早就盼着你来了，刚才我就倚靠在那边那根柱子那儿……"

他说着，用手指了指远远的山的一角处的一座白垩质地的西洋式房屋的走廊。

悠闲的庭园里，白天也显得十分寂静，除了冈村君、我以及那些奇形怪状的雕像之外，看不到任何一个人。

过了一会儿，他吹响了手里拿着的哨子，只见不知从哪里传来了微妙的铃铛声，一匹鸵鸟拉着一辆装饰了鲜花的艳丽小车跑了过来。冈村君让我坐到上面，然后自己也上了车，拿起鞭子驱赶着鸵鸟，往大道的更深处前进。

甜的，刺鼻的，芬芳的，各种各样的花朵的香气频频地袭扰着我的嗅觉。随着车轮的转动，不断摇晃着的一束束璎珞一样的花束引来了一群蝴蝶。它们在我们两人的周围不断地聚集飞舞。夜莺时不时发出尖锐的叫声，像要撕破我的耳朵。在道路接近海湾的海滨的时候，我们下了车，然后又换了一艘小船，在镜子一样的水面上划着桨，向对岸的绝壁的阴影处划去。

绕过断崖的拐角，那里是广阔的海湾的中心，沿岸起伏的山野楼阁尽收眼底。连接着海湾的，是一大片长着芦苇的湖，蔓延开去，隐没在远处暮霭的薄纱中。四顾之下，群山有的像马，有的像帽子，有的像明神山①，就像是一道道屏风一样，把这个庄严的天堂包围了起来。忽然，我看到在离小船的船头大概两米远的地方的

---

① 位于奈良县北葛城郡王寺町的一座名山。

岸边的草坪上，有一座高达一丈的马身人面的半人马青铜像。半人马仰望天空站立着，背上还坐着一个女神。小船的缆绳正好系在那怪兽的脚踝处。

草坪的面积大约有三百多坪。一面临水，另一面被外形像是奈良的若草山一样圆乎乎的山丘分隔开，另外两面被茂密的白杨树林所遮挡。中央的稍高的地方建有像音乐堂一样呈六角形的小亭，其中安置了数量多得惊人的人类的雕像，或仰望天空，或匍匐地上，或坐在贴着柱子的石头上，姿态千差万别，栩栩如生，似乎我们一旦靠近就会一下子全都活动起来一样。

"收集了这么多雕像，太震撼啦！"

我回头看着冈村君说道。他仿佛十分得意地点了点头。

"我就猜到你肯定会这么想的……这些雕像虽然都是模仿自古以来的名家的作品，但能把这么多的东西都收集起来，是不是感觉完全不一样了？排列的方法也费了我不少的工夫呢，要不是像这样一起摆在日晒雨淋的地方，雕像所具有的那种肉体美的庄严的力量就感受不到了。你看，这么一来，看上去就感觉不再是人偶了吧？是不是有想冲上去晃晃他们肩膀的冲动？这些裸体在太阳下暴晒，都沉默不语，难道你不觉得有点不可思议吗？……既然你对这整体的雕像群的印象那么深，那我们不用特别一个个地去详细欣赏了，不过嘛，嗯，你看看我仿造的技巧怎么样？"

在我们俩站立的前方大概一米远的地方，有一个几乎快戳到我鼻子的雕像，它和米开朗基罗的《被缚的奴隶》一模一样，正在痛苦地乞求着、挣扎着。

十三

　　"这是卢浮宫所藏的希腊时代的《皮翁比诺的阿波罗》，这是那不勒斯的《庞贝的阿波罗》，这是波利格莱特的《多律弗路斯》。"

　　冈村君边走边给我一一介绍。最让我感觉有点瘆人的是，被摆放在六角殿堂的屋檐和走廊以及石阶上的一群发狂的人像。并且它们的排列是极其不规则的，就像是被抛弃在那里的尸体一样。那些作品虽然大部分都是罗丹的作品，但是都有着最为惨烈的姿势和表情，首先，屋顶上有《塌鼻的男人》《女人的头》《哭泣的脸》《痛苦》等五六个青铜制的人脸，就像是刚砍下来的人头一样，胡乱地被丢弃在地上；因不堪饥饿而要吃自己孩子的《乌戈利诺伯爵》就像被关进笼子里的老虎一样凄惨地往楼梯口爬去；把肘支在栏杆上，另一只手往前伸出的《维克多雨果》；在他身后正在嬉戏的《萨迪伊尔和宁芙》；《绝望》的男人手抱着自己的膝盖倒在地上；在他的旁边，《春天》的男女正在互相拥抱接吻……

　　但是，这正如我在之前说过的那样，这绝非冈村君真正的创作。我就像但丁被维吉尔带领着一样，先穿过了第一道关口的草坪，然后看到了各种各样的建筑物和壁画的模仿作品。或者说，又像是穿过了伊藤若冲①的花鸟图中所绘的烂漫的百花林，被带到了能看到孔雀、鹦鹉等逍遥自在的乐园。这样的布局达到了何等瑰丽的极致，全由读者们想象，我就不展开详细的叙述了。

在夕阳接近罗山的时候，我们穿过幽深的森林，到达了一个古潭旁边。郁郁葱葱的老树的枝干上，爬山虎的藤叶就像是黑色的海带一样互相缠绕着，顽固地相互纠缠在一起的枝条参差不齐，堵住了去路。湿润的地面上到处都是生长繁茂的杂草和灌木。在年代极其久远的静寂的水池底部，积淀着像琉璃一样透彻的泉水。这时，不知从何处传来了滴滴答答的水滴落的声音。

"往那声音发出的地方走！"

听到冈村君这么说，我便循着水声，扒开荆棘，往下一直走到了一眼泉水的边缘。我在岸边停驻，向对面看过去时，依稀看到那边有着神圣庄严得难以名状的美女的立像。高达丈许的断崖绝壁周围被绿叶植物覆盖着，形成了一个空洞，一个美女正好能把背靠在那里，用两手把瓶子扶在肩膀上直立着。涓涓细流就从那其中不断滴落到水面上的。女人的身影倒映在泉水表面上，形成了完全相同的影子，上下两部分在足底的位置上连在了一起。

"那模仿的是安格尔的《泉》啊！"

冈村君话音未落，美女忽地眨了眨那可爱的大眼睛，嘴唇边浮现出了微笑。我的身体忽然就冷得像结了冰。那美女是一个有着白

----

① 伊藤若冲（1716—1800），日本江户时期的画家，知名作品有一套三十幅《动植彩绘》和隔扇画《群鸡图》。

皙肌肤的金发碧眼的生物。在暮色袭来的微明中，她暴露着石膏一样的肉体，并试图永恒地维持着这一画面。

穿过森林，来到一片可以远远望见殿堂的回廊的丘陵时，我又在那里的草地上，看到了敞开衣服躺卧着的两幅活生生的画面。一个是吉奥乔尼的《维纳斯》，一个是卢卡斯·克拉纳赫的《宁芙》。

"它们和以前的雕像不一样，不能说是单纯的模仿哦！就像画家从小说里面取材一样，我也只是把画家所构思的东西借过来而已。那可是我的创作之一。"冈村君第一次这么说道。

我们到达了与"沐浴"相关的享誉古今的雕像所围绕的浴室的时候，已经是太阳落山好一阵子之后了。广阔的厅堂里，电灯似乎已经很亮堂了。它的光线照射到镶着圆形玻璃的天花板上，就像是夜空一样，反射下来红色的光。我把耳朵贴在门上，听到了温泉水被"啪嗒啪嗒"扑腾起来的声音，看来里面有几十个人正在像海豚一样玩水。

十四

我打开门走了进去。有一会儿，我的眼睛被绚烂的灯光和驳杂的颜色以及热气所迷住，于是只能茫然地呆立在原地。

浴缸是把大理石的地板往地下剜掉了三四尺见方的一块，从宽度来说，与其说是一个槽，不如说是一个池子比较合适。围绕着池子的四方形的石面上，装饰着一大片罗马时代的壁画和浮雕之类的东西。在制成椭圆形的水边的地板上，又是每隔两米左右就有着的半人马雕像，而且它们的脸都是冈村君的，或是哭泣或是微笑或是发怒，背上骑坐着的挥着鞭子的女神们，都是活生生的人。

我细看了一下像海豚一样跳入水中的那几十个动物，才发现她们都是一群模拟人鱼姿态的美女，都是在身体的下半部分穿了像是锁帷子盔甲一样的银制的肉色贴身衬衣。在看到我们进来的一瞬间，她们都一起举起双手，高声欢呼。她们穿着闪闪发光的银色鳞片，跳到水池边铺设的石板上，在半人马雕像的脚下嬉闹。

此外还有三四个小型的温泉槽，里面装满了牛奶、葡萄酒和薄荷草等，那里也有美人鱼在游玩。最后，我们俩来到了用人的肉体填满的"地狱之池"。

"来，从上面走。别担心，跟在我的后面。"

说着，冈村君牵着我的手在一堆肉块上面踩踏着走了过去。

我已经没有勇气再往后写了。总之，那个浴室的景象，如果要和那天晚上在东边山丘上的春之宫殿上举办的宴会的余兴相比较的话，那简直就是不值一提的小事了，如果要把这些小规模的事件也加上去的话那就太多太啰唆了。在那里，有着由活生生的人构成的所有的艺术。我还看到了锦绣帐子里，据称是这个宫殿里的女王的人躺在以四个男人为肉柱的床上的场面。

冈村君所谓的艺术究竟是什么，我想我大概都了解了。在本文的最后，我想说说冈村君最后的光景——那是在那之后十多天左右的事情了，在到达了快乐的顶峰的瞬间，他突然死了。关于这件事，我想简单地记述一下。

虽然他的健康状况有异常，但估计他早就预想到自己死期临近的事情了。"我已经把所有的财产都用光了，这种奢靡的生活接下来维持不了半年了。"说完，他略有点自暴自弃地开始喝起了酒，抽起了烟。

在我停留的那十天里，他每个晚上都更换服装，用各种各样不可思议的风俗来接待我。他很喜欢时下的俄罗斯舞蹈剧中常用的莱昂·巴克斯特①式的服装，时而扮作蔷薇精灵，时而扮作半羊神，或是扮作狂欢节的男人。最后更换服装已经满足不了他了，他还扮作谢赫拉莎德舞蹈中出现的土人的样貌，把全身都涂成黑色。在第

① Leon Bakst（1866—1924），俄罗斯画家、场景和服装设计师。

十天晚上，他挑选出了众多的美男美女，让他们扮作罗汉、菩萨，或是恶鬼、罗刹，最后在自己全身都涂上了金箔，扮成如来的尊容，尽情地饮酒、狂欢。

彻夜的宴会之后，众人筋疲力尽，横七竖八地醉倒在了殿堂的屋檐下、长椅上。糊里糊涂地一直睡到第二天凌晨的一群人在睁开眼睛之后，就发现了在房间的桌子上通体金色、已经冰冷了的冈村君的尸体。据他家所雇用的医生说，大概是由于金箔堵塞了毛孔导致了他的死亡。

那群菩萨、罗汉、恶鬼、罗刹都在那金色的尸体前跪了下来，泪流满面。那个光景构成了天然的一幅大涅槃像。他就算是死，也奉献出了自己的肉体，努力追求着自己的艺术，这一点让人惊叹。我从来没有看到过这么美的人类的尸体，没有看到过这么明亮、这么庄严，与悲哀这一阴影丝毫无缘的人类的死亡。

冈村君确实是一个很幸福的人。因为，他用自己的全部力量全心全意地努力追求自己的艺术，而且最后取得了圆满的成功。世间比他财产多、比他有学问的大有人在，但从古至今，像他那样认真、那样单纯地在自己的艺术道路上埋头奋进的人应该没有吧。他和我在很多方面，对艺术的见解并不相同，但总而言之，我不得不承认他所做的归根结底就是一件完美的艺术。他的艺术像幻影一样出现，随着他的死，又从这个世界上消失不见了。但他是伟大的天才，伟大的、旷世的艺术家。

就像纪文①和奈良茂那样，就算是毫无意义地挥金如土，其富

①纪伊国屋文左卫门（1669? —1734?），幕府时代有名的豪商。平生事迹多有不详，是否真有其人不得而知。

42

豪之名也为后世所称颂。所以他的名字就更值得永久不朽地流传下去了。但是世间的人们，对于过着像他那样生活的人，真的能将其作为艺术家称道吗？

（大正三年十月作）

杀死阿艳

一

晚上八点左右，胡同小酒馆的老板春五郎就醉醺醺地闯了进来。

他围裙前面兜子里的钱币叮当作响。据说这是他此前刚从银座^①的官员那里领出来的。他抓出几枚就像刚出锅一样还冒着腾腾热气的二朱银^②，赎走了他典当了三个多月的半缠^③、羽织以及过年穿的漂亮衣裳。

之后，或许是天气不好的缘故吧，这家通常总是忙个不停的骏河屋今天就再没看到哪怕一个掀开门帘走进来的客人了。

在柜台的格子窗边用手支着脸颊长时间读着草双纸^④、并沉醉其间的新助拨弄着眼看就要灭了的狮头纹火盆里的灰，一边像是自言自语地说道："今晚真冷啊！"

他把支着脸颊的手往前伸了两三尺，把一门心思地在打着瞌睡的一个小学徒的耳朵扯了一下。

"小庄，快起来，外面下雨夹雪呢。辛苦你了，去村松町的老翁庵走一趟吧！去买两碗天妇罗荞麦面，然后我再请你吃些你喜欢的！"

"那太好了！一睁眼就觉得肚子很饿，还浑身发冷。在主人还没回来之前，我先享用一下你请的大餐吧！"

庄太说完，手脚利落地把屁股后面的衣服下摆撩起来，塞到和服的腰带里，又取下挂在鞋架上方的馒头形斗笠，一阵风似的朝着户外下个不停的雨夹雪中扎了进去。

趁此机会，新助把柜台收拾了一下，锁上土墙库房的门，把店门关了起来。

傍晚时分，住在四谷地区的某位亲戚去世了，于是主人夫妇在出门之前曾特意交代他说："今晚我们可能很晚才回来，搞不好得明早才能回来，你记得关好门窗。"

想到这里，他提着灯笼，从厨房门口到屋后的栅栏门都仔细检查了一遍，又爬上女用人所住的房屋旁的楼梯，查看了一番通往天台的防雨窗的栈桥。当他从楼梯上下来时，灯笼的光亮朦朦胧胧地投射在了黑暗中盖着蔓藤花纹的被子睡得正香的两个女用人的脸上。

"阿民，睡着了吗？"他试着开口高声问道。

没有回应。

于是他更加小心，蹑手蹑脚地走进冰冷的楼道边的木板房，沿着中庭逐一检视走廊边的窗户。

走廊尽头是一个八张榻榻米草席大小的房间。房里的座灯的灯影给拉门投射上了一层浅红色。这里平日里是作为主人夫妇的卧室

---

① 江户时代负责铸造货币和买卖金块、银锭的场所。
② 江户时代流通的一种长方形货币。一枚"二朱银"相当于八分之一两银子。
③ 日本店员穿着的一种短袖劳动服。
④ 江户中期以后流行起来的大众小说的总称，大部分是把纸张对折、以十页为一册装订而成。

使用的。佛龛前面放着长方形火盆和茶柜。

今晚睡在这里的，是主人的女儿阿艳。

"啊，那房间里肯定很暖和!"

新助想。他的内心突然产生了一种情绪，那便是身为伙计的辛酸。

他羡慕地看着那红色的灯影。

他从一年前就喜欢上主人家的女儿阿艳了，而阿艳也并不讨厌他。

不过，就算两人互相倾慕，但她毕竟是主人唯一的女儿，和身份卑微的新助简直是一个天上一个地下。

"如果我不是生来就是穷苦人家的孩子，而是大户人家的少爷，那就可以和那美丽的阿艳小姐在一起了……"新助在内心暗自抱怨道。

此时大概已经是晚上十一点了。寒气已经逼进了屋子里。

站在屋檐下的新助被窗缝中钻进来的冷风吹得瑟瑟发抖。他把灯笼换到了之前一直放在怀中暖着的左手上，朝着被冻僵了的右手不时地哈气，两条大腿冰得像是长在别人身上的物件一样，紧紧地贴在了一起。但让他发抖的，似乎不仅仅是寒冷的天气。

"是新助吗?"

他正要穿过包房外的通道时，她便开口问道。这让他不由得想到，阿艳是这时刚醒，还是一直就没睡?

阿艳似乎是把圆座灯的外罩取下来了，对着走廊的方向伸了过来。

于是拉门被照得比之前又更亮堂了一些。

"啊，是我！主人很晚才会回来，所以我去看看门锁好没有。"

"那你要睡了吗?"

"哪儿啊！在他们回来之前我可能整个晚上都不睡啦!"

新助跪在拉门外的地板上，两手撑着地，诚惶诚恐地回答道。那扇拉门突然从里面打开了一尺见方。

"太冷了，你进来，把门关上!"阿艳把鬓角的乱发往上捋了一下，蹲坐在郡内产的被子上，用睫毛长长的眼睛痴痴地看着眼前这个男人丰盈的面颊，它在夜里看上去也那么白皙。

"其他人可能都睡了吧……"

"不，小庄出去办事了，很快就回来。等他回来以后我会马上催他睡的，您再等等……"

"'啊，急死了急死了……很少有像今天晚上这么好的机会了呢!'对吧小新，你是不是就准备今晚了?"

阿艳穿着像水一样柔软的火红的纹缬花布长衬衣，把两只雪白的裸足并拢着伸到被子外面，双手合十，作出恳求的姿态。

"准备，准备什么?"

男人被那摄人心魄的美撩拨得心头一阵荡漾。

虽然他已经二十岁了，但眼睛睁得大大的，看上去还是单纯得像个孩子一样。

这时候他的心里已经擂响了千万面锣鼓。

"今晚我们一起逃到深川去吧！你说什么我都听你的，拜托你了!"

"太离谱了吧!"

他嘴里这么说，但面对这种妖艳的诱惑的力量，就算自己铁石心肠，又怎能不动摇呢？

新助烦恼不已。自从他十四岁来到这家骏河屋做伙计以来，一直勤勤恳恳地工作，做事几乎无可挑剔，主人也一直很信任他，认为他是一个很难得的年轻人。

如果再忍上一两年，到时就算娶不上这个可爱得不得了的阿艳小姐，至少可以获准开个分店，之后的飞黄腾达也就顺理成章、如愿以偿了。那样的话，在浅草的清岛町眼巴巴地盼着自己出人头地的父母该多高兴啊！唆使主人家的女儿一起私奔，这种事情真是太不像话、太不成体统了！——他在心里反复对自己这么说道。

"小新，你忘记我们之前的约定了吗？我知道你怎么想的：把主人的女儿作为消遣随便玩玩，一到紧要关头就抛弃掉，你这种想法我早就看穿了！"

"不是这样的……"

新助正想抚摸一下低声抽泣着的阿艳的肩膀时，突然听到大门外传来了急促的敲门声，是庄太回来了。大惊之下，新助慌慌张张地提起灯笼站了起来。

"先等小庄睡了以后我们再商量吧！既然你都那么说了，我一定会认真考虑的。"

好不容易从主人的女儿手里挣脱开来，新助若无其事地回到店里，赶忙把小门的锁打开。

"啊啊好冷，好冷啊！"庄太就像连滚带爬一样地冲了进来。

"小新，外面下雪了，今晚可能会有很厚的积雪。"他边说边掸着馒头形斗笠上的雪。

大约半个时辰之后，年纪尚幼的庄太吃了一碗面之后便睡了过去。

风不知什么时候停了，但雪还在下。入夜了，人们都已沉沉睡去，外面一片寂静，几乎什么声音都没有。

新助从厨房门外的走廊里抓了两三块佐仓木炭，放在火盆中生好火，然后，独自不安地蹲坐在店里的一个角落里。

在此期间，里面那间屋子里的阿艳可能还没有睡，一直在等着自己的答复吧！

想到这里，他感觉自己的命运——有可能是决定他一生的命运——已经迫在眉睫了。要是主人这时候回来就好了，这么一来，那种令人窒息的诱惑感自然而然也就消弭不见了。

他不禁浮想联翩。

里屋的拉门微微开了一道缝。

听到从走廊里有人蹑手蹑脚地走过来，新助就像被弹了起来一样，嘴里"啊"的一声猛地站了起来，又往主人女儿的卧室方向蹑手蹑脚地走去。

他担心的是，如果性子很急的阿艳小姐在这个时候大声嚷嚷，那可就糟了！

二人恰好在走廊拐角、茅房的前面碰上了。

"小新，你收拾好了吗？我带钱了，一时半会儿不用愁了。我把这个钱袋子也一并交给你保管吧！"

阿艳双手探入怀中，把黑色缎子衣领遮着的胸口处撑得圆鼓鼓的，从腹部啪的一下揪出一个姜黄色的钱袋，把它塞到了新助的手中。那足足不多十两金币的分量。

"把你拐跑也就罢了，还偷了钱，这也太过分了，要遭天谴的。"虽然嘴里这么说着，但对女人的举动，他并没有试图去抗拒。"可是，刚巧外面还下着大雪呢……我没什么，倒是你，在这种天气下逃到深川去，只怕在半道上就冻死了。阿艳小姐啊！非得今夜吗？换一天不行吗？"

深川是位于高桥附近的一家船员旅馆。那里的船老大叫做清次，早在十年以前就开始出入这家骏河屋了。在品川湾退潮赶海或是两国地区的开河季节到来时，他每年都会开船来，所以和阿艳、新助都很熟悉。除了盂兰盆节期间过来走亲访友之外，清次时不时地就过来玩，在厨房里一边喝酒一边夸赞阿艳的容颜。

"不管怎么样，要说起阿艳小姐，绝对是橘町一带的绝代佳人了！无论怎么挑，在江户也挑不出第二个这样的姿色来。我这样说也许有点失礼，不过呢，如果阿艳小姐是艺伎的话，那我可不能放过了，毕竟我还不到五十岁呢。"

他用诙谐的口吻说道，偶尔还紧紧拽住阿艳的袖子说："阿艳小姐，这可是我的平生夙愿了，你就坐下来陪我清次喝一杯怎么样？没事，我不会待很久的，就一杯，真的，一杯就好了……"

每次他这样做都逗得全家人哈哈大笑。

清次每天划着猪牙船，在柳桥、深川、山谷一带迎送客人，早就闻惯了花天酒地的空气，对人情世故也十分熟悉，在他眼里，也许早就看出小姐和新助之间有着不为人所知的密恋关系了。

但和平时一贯的信口开河不同，他在很长一段时间内都不提这件事，这很令人惊讶。

直到上个月月末，他从柳桥回来时，突然到访了骏河屋，才把这件事抖了出来。那天，阿艳被父母叫去看戏，但她想和在家留守的新助说话，就假称生病，也留在了家中。

父母带上两个女用人，一早就出门去了，因为他们早就定好了要去看戏的，为了阿艳一个人就把她们留在家，那就太可怜了。

店里只有庄太一个人在。

而新助就在阿艳的床边伺候着她。

清次就在那时走了进来。由于喝醉了酒，他的脸上红扑扑的。

"不对劲！"他说着，突然拍了拍新助的肩膀，脸上露出神秘兮兮的笑，"小新，你很不简单啊！你以为谁都不知道吧？我可早就看出你俩的关系了！世上的人都是睁眼瞎，但这可逃不出我清次的眼睛哦！我不会告诉你主人的，你就老实交代吧，这样我还能帮帮你们。哎呀，绝代佳人阿艳小姐和长得跟名角一样的新助在一间房里朝夕共处，发生这种事也是理所当然的。说起来，我的性格和别人不太一样，看你们年轻人这么辛苦的样子，就想着能帮帮你们，不管费多大的力气，我也要尽力帮你们解决！"

受到意外惊吓的两个人全身发抖，他们互相瞄了对方一眼。

清次独自揣测了一下之后又开始得意地说道："需要表个态的时候还那么胆小，那就没办法啦。好啦，你们就听我的吧！这种事情与其憋在肚子里，倒不如让我先去跟掌柜的聊聊，开门见山地恳求他让你们结为夫妻，这是最好的一条捷径了！我可不是吹啊，小新这个人又有男子气概，为人正派，是智慧与才华兼备的好男人，掌柜的不会拒绝的！"

"如果真的能成的话，也就不用麻烦清次先生你了，我们俩自己就去说了。"

新助一下子就上了套，赶忙跟他说明了情况——阿艳小姐是这家的独生女儿，自己也是独生子女，这样看来，无论如何二人都是不能结合的。

"如果不能在一起，我倒不如死了算了!"

听到男人倾诉内心想法，阿艳此时也忍不住说道，然后哭倒在地。

"好了，好了，这样一来我就都清楚了。我不会乱说的，你们就撒个谎，两个人一起先跑到我家躲起来吧! 后面就交给我了。我去跟你们双方父母好好说说，一定把事情给你们办妥了!"

实际上当晚两人就是在互相商量私奔的事的。在清次的鼓动之下，阿艳马上就想付诸行动。但新助总也下不了决心，他觉得时机未到。

"都到这个节骨眼儿了，你还不愿意吗?"

阿艳说着，双手抓住束手无策、愁眉苦脸的男人的手腕，使出仿佛能把竹子都压弯了的全身的力气摇晃他，并威胁他说："你不答应，我就去死!"

"真没办法。那就干脆拼一把吧，就照你说的办!"

新助把店铺壁橱里放着的自己的衣箱盖了打开，从里面拿出唐栈棉衣换上。

只有这件是用父亲的旧衣服改成的衣服，其他的都是做学徒期间让人新做的，不好随随便便就拿出来。

然后他又走到厨房门口的台阶上，把放在鞋架中间的阿艳的黑色木屐轻轻地取下来，视如珍宝地夹在腋下，回到了走廊处。

这么冷的天，这个样子要怎么跑? 阿艳当场惊呆了。

她留着刚挽好的岛田发髻①，素花缎面的带子高高地绑在胸口的格子纹黄八丈上，赤裸着双脚。平生就喜欢作艺伎打扮的她，此时也不愿穿上足袋。

"从这儿走吧！"新助把走廊的防雨窗打开了两三尺大小，自己先跳到了院子中。

此时，一直在静静地下着的雪已经积有两三寸那么厚了。屋顶、树丛、厕所的壁板都好像铺了一层白布。他摸索着，一把攥住坐在门槛上的阿艳的脚踵，把她雪白透明又像雪一样冰冷透彻的脚掌搁到了那双木屐上。

每走一步雪都塌下一块，那咯吱咯吱的声音让他们的胸口怦怦直跳，二人尽力不发出大的声响，好不容易才从后面围墙的木门走出去，沿着路边的水沟盖板，悄悄地走到了马路上。

天空阴沉昏暗，雪稍微变小了一些。

比想象中暖和。

女人手里握着一把伞柄上绘有一条蛇的眼睛的雨伞，男人把手又搭在了她的这只手上，二人从橘町向滨町的方向走去。

新助外表文质彬彬，但身材高大，筋骨结实，是一个膂力过人的青年。此刻一股兴奋劲儿涌上心头，使得他痉挛似的紧握着伞柄的拳头中充满了惊人的力量，于是，阿艳那本就快要冻僵了的右手那薄薄的手掌都快要被捏碎了。

阿艳有几次都痛得叫了起来，"小新，你干什么啊！"她说着，一脸担心地看向他。

---

① 日本女人传统的发髻之一，最初由江户初期东海道岛田地区的娼妓所留并盛行开来。

她细小狭长的眼角在暗夜里似乎也在散发着强烈的光芒。

　　走过新大桥①之后，丑时的钟声就咆哮般响起，仿佛要让吞食了大片的雪后死了一般几乎流不动的满潮的大河也跟着闹腾起来。

　　之前一直没怎么开口的阿艳说了："好喜欢那口钟的声音啊！我们俩就像在演戏一样！"

　　新助苦着脸回答说："阿艳小姐，你说得倒是轻松啊！"

　　两人之后又陷入了沉默，最终平安到达小名木川岸边的清次的家。

----

① 东京隅田川河面上的一座木桥，元禄年间所建。

二

"这事要谈妥可急不得，你们得等十来天！在此期间你们俩最好不要让人看见，就住在里面的二楼上吧。"

清次说着，交代好自己的老婆和手下，让他们尽量照顾周全。

但十天很快过去了。

转眼半个月又过去了。

依然没有确切的好消息传来。

"清次先生可能是太忙了，也可能事情谈得不顺，所以故意瞒着我们？"

新助开始担心起来。

阿艳却还是一贯的淡定："别多想了，既然都跑出来了，不行就不行吧！我们想成家就成家，岂不更好吗？我自打生下来以后就没这么高兴过，我可不要再回去了。"

阿艳住进这里的二楼以后就好像变了个人似的，每天精神焕发，说话诙谐幽默，人也变得大胆多了。

两人所住的二楼窗户下面就是石崖，每天都有许多艘屋形画舫，满载着潇洒的男人和艺伎从仲町、石场、橹下、御旅、弁天和其他的"冈场所"①开到这条连接着大川②的狭窄的河里。

他们甚至经常会到楼上来。从与这里只隔了一层拉门的隔壁的房间里，经常传来旁若无人的靡靡情话。

阿艳不知何时耳濡目染了一些风俗，在离家时挽起的可爱的高岛田发髻也从第四天洗过后换成了兵库发髻③，再用黄杨木梳华丽地插在厚厚的小鬓上。她像男人一样穿着旅馆老板娘借给她御寒用的乱条纹棉袍，还大口大口地抽上了她原本不会抽的烟草。洲崎的艺伎们受娼妓们常用的言语所影响，往往会把"我"（watashi）的发音念成"wachiki"，阿艳在无意之中也学会了。

在她说了两三次的时候，新助不满地皱起眉头说道："你这到底学的是哪儿的话啊?"

然后他又傲慢地说道："为什么你要模仿妓女说话呢？我生下来还没买过春呢!"

如果阿艳不在身边，或许他自始至终都会是一个相当正派的人。

但她并不怎么把男人的话放在心上。对现状的满足让她忘乎所以。心满意足的她每天从早到晚都笑眯眯的，鳗鱼、斗鸡……一日三餐都随着自己的心意，想吃什么就吃什么。

她甚至每隔三天就要请在家里的人、包括年轻人吃上一顿。夜晚又必定用很不习惯的手法，把清次细心摆放到饭桌上、有着"剑菱"标识的温热的酒壶里的酒倒在杯子里，以一股丝毫不输给男人

---

① 意为旁边的场所，指吉原旁边的私娼窟。
② 指隅田川的下游一带。
③ 江户前中期流行的女性发髻之一，据说起源于兵库县的妓女所留的发髻。

的劲头咕嘟咕嘟地喝掉。

在喝醉酒后很难受的夜晚，阿艳的脸被疯狂的情欲烧得通红。她就像一团火焰，扭动着身体，折腾得男人一晚上都不能入睡。

两个人不由自主地陷入了无尽的欢乐之中。那种欢乐让他们感觉自己几乎就要死去一样。

时光飞逝。不久就到了十二月，连十五日那天的八幡神集市也已过去时，两人还是没得到任何消息。

"现在是谈判的最关键时刻。你们再忍四五天吧！"清次每次一看到他们就可怜兮兮地解释，他们也就不好再催了。

"清次先生，我确实对不起主人，但事已至此，不行就算了，我们也做好打算，想找个地方另立门户了。我们也不是性子急，但麻烦您不要掖着藏着，都告诉我们好吗？这些天一直那么打扰您，我们实在是过意不去。"

新助刚一说完，清次便又跟往常一样，像只老鹰似的嘎嘎笑了起来。然后轻描淡写地说道："什么啊，别那么客气啦！如果事情不妙我也就算了，不过我跑了五六次，很尽力地去劝说他们了，现在你们双方父母差不多也都接受了。我常跟他们说，'连孩子要私奔都不知道，那是因为做父母的太不开明了。在你们点头答应之前，他俩的事情就交给我，我会好好收留他们的。'所以你们俩什么都不用担心。"

不过，不管问题如何复杂，刚进正月就吵着嚷着的很不吉利。新助想，就算晚一些，年内也应该解决了吧？

于是他一心只盼着春天的到来。

阿艳带来的十两金币在每天奢侈的生活中一点点被耗尽，现在剩下的已经不足五两了。"五两金币过年的话还是有点紧张啊。"阿艳说道。

她恳求出入这里负责给人结发的师傅悄悄地把自己之前插在岛田发髻上的叮当簪子①换成了金币。又在十七日的蓑衣斗笠集市的那天晚上，把这些金币分开包了三份，作为新年红包大方地分给了旅馆里的人。

这是二十日晚六点时的事了。两人正要吃晚饭的当口，清次那名叫三太的手下慌慌张张地跑上二楼，跟新助说道："我有特大的好消息要告诉你们。现在我老大正在柳桥的川长料理茶屋②和新助先生的父母聊着呢，说是事情眼看就要解决了，所以让你赶紧跟我一起坐船去。但你们两个一起去的话，又不太方便，所以不好意思，阿艳小姐，你就一个人留在家，好吗？我说阿艳小姐啊，每天每夜都黏在一起，新助也该受不了啦，偶尔给他歇一晚上，也没什么大问题嘛！"

"可是我总觉得有点担心啊……"

阿艳的脸色忽地变了，人也一下子蔫了。

当然，要说高兴她是很高兴的，但新助会不会就这样被带回浅草老家去了呢？想到这，她心里非常不安。

虽说盼着这消息好久了，但事到临头，新助也和她一样，心里产生了怀疑。首先第一点，毕竟犯下了自己都觉得害怕的罪，这还没跟主人道歉呢，怎么好意思舰着脸在父亲面前出现呢？其次，也

---

① 簪子的一种，在花枝上吊着数个细链，前端有花、鸟、蝶、铃等坠饰，随着佩戴的人的活动就会叮叮当当地响起来。
② 即料理店。

是最重要的一点是，他内心有着一种强烈的不舒服的感觉。

"快点快点，赶紧走吧！"三太频频地催促着。

这下新助就算心事重重，也只好简单地收拾一下就下了楼。

不知想到了什么，阿艳迅速追着男人下了楼。正要登船的时候，她抓住了两人的衣角说道："三太，我这么说可能听起来就是在怀疑你一样，不过对不起啊，我总觉得心神不定的……请你带我一起去吧！我一定不会给你添麻烦的。"

"哎，我还以为什么呢，你真傻！"

三太跳上荷足船①，一边解开缆绳，一边张着大嘴笑了起来："你就像个黏人的小孩子一样，哪有你说的什么麻烦？我又不是要抓新助去吃掉。你放心吧，没事的！就包在我老大身上吧。再说了，要是你也跟来，那事情的发展可能就没那么顺利啦！"

"如果这样的话，我可以不在席间露面，就躲在隐蔽的地方等着就行。你一定得带我去啊！不知怎的，我总觉得今晚让他一个人出去不放心。"

阿艳悄悄从腰带中取下一块一朱金币往三太的袖口里塞："对吧，三太？这种小事你就答应了吧！"

"前阵子你就给过了啊……老这样，我会被老大骂的。"

三太说着，和往常不同的是，他扭扭捏捏地把钱包又推了回来。

在清次手下干活的人当中，这个男人是最能说得上话的，所以平常阿艳就一直对他很客气，但这时三太完全不想听她的，这着实

① 种小型船只，用于运送小宗的货物。

让人恼恨。

"让你为我担心了，真是过意不去，但如果你也跟着来，那就等于伤了清次先生的面子了，亏他一直帮我们张罗呢。回头再说吧！"新助安慰女人道。

但他自己也脸色煞白，站在暮色越来越深的岸边，肩膀不时颤抖着。

"那要是事情的发展有什么不对劲的话，你一定得回来一趟！"

"嗯，没事，应该不会有事的。"新助用力冲她点了点头。

今晚就是平生夙愿得以实现的时刻，按理说他应该很高兴才对。但不知为何却突然想要哭出来。

他甚至想到，还不如就这样带着阿艳小姐远走高飞，这样就更省心了。

那天上午刮着冬天里罕见的南风，气温异常地暖洋洋的。阿艳早上就觉得有点头晕，去蟀谷贴了头痛膏才回来的。她正要多问三太几句的时候，眼泪不争气地流了下来，只觉得身体有一种像是得病了一样莫名阴郁的疲惫感，于是只好靠在二楼的窗边，用哭得红肿了的眼睛盯着船行的方向，目送他们消失而去。

二十日的月亮还没升上天空。云朵从新大桥的观火台①那边遮天蔽日而来，遮盖了天空的一半，浓浓的夜幕将世界完全地裹住，四下里一片漆黑。

三太的荷足船开得极快，转瞬间就隐没在了河雾深处。

船离开小名木川河口，进入大江正中间时，在广漠的黑暗当

———————

① 江户时代为了尽快发现火灾灾情而设立的瞭望台。

中，新助忐忑地看着三太所吸的烟管的烟袋锅那不时忽闪着发出的一点红光，一边像是自言自语地说道："真是个让人讨厌的夜晚啊，明天的天气可不好啊！"

"傍晚的时候天气倒还不错，照现在这样的情况来看，是不妙啊！等风停了可能会下雨的。"

三太把棹换成了橹。划棹声就像在抚弄着轻轻舔过船舷的水面一样。"说起来我也觉得阿艳小姐挺可怜的。现在她大概正一个人喝着闷酒吧？"

位于柳桥的川长是当时著名的一家料理店，新助还记得在橘町的时候曾陪着主人去过那里三次。

而三太倒是似乎长年浸染于此了，"今晚我带了一个好男人来，和三津五郎长得一模一样哦！"他跟在走廊上遇到的一个女用人嬉笑着说道。

这让新助感到很窘迫。

他被带到一桌面对着河的酒席上。这是一间用面皮柱①做成的高雅建筑，里面只有清次在，他看起来喝到恰到好处了，脸上泛着润泽的油光，正一个人靠坐在地板柱上。

一看到二人，他便说道："太可惜了，老爷子刚刚还在这里的！你晚了一步，他已经先回去了。很遗憾啊，不过小新，你来的也太晚了点吧！"

他脸上露出了有别于往常的不满的神色，发出了失望的叹息声。

————————

① 几乎作为柱子的四个角上保留树皮的建筑手法。

三太在旁边拼命帮他辩解，说是因为阿艳的阻拦，所以才晚到的。

　　听到这里，清次的脸色忽地又变好了，用天真的声音笑得前仰后合。

　　新助本来对见到父亲的担心和被拖回浅草去的忧虑一下子都烟消云散了，内心反而一阵轻松。

　　"反正也来了，那就喝一杯再走吧！"

　　清次一边跟新助劝酒，一边把和他父亲见面的场景说给他听。

　　今晚把客人送到大音寺①前的田川屋时，他顺便拜访了新助位于清岛町的家，把老爷子请到这里来，又一次诚恳地把先前受托的话重复了一遍。

　　老爷子的意思是，诱骗主人家的女儿这种荒唐行径实在是难以原谅，但两人私奔之后就一直没回去，这对骏河屋的主人就更是不好了。万一两人哪天殉情了，自己固然十分痛苦，而失去无可替代的独生女的主人家可就完了。想到这里，自己就不想再固执下去了，但毕竟也不能抛开骏河屋那边，单方面就说同意，这不合情理。所以想冒昧提一个建议，那就是，如果骏河屋那边也认可的话，就算我们家这边从此断绝了香火，也不能让主人家断了后，所以想把犬子风风光光地作为女婿送入府上。说实在的，如果不是清次先生从中说和，自己就算走遍天涯海角也要把犬子找出来大卸八块。这一点望能得到清次先生的理解。

　　说完，老爷子忍不住号啕大哭起来。

---

① 净土宗寺院，位于今东京的台东区。

于是清次想尽各种办法安慰那固执的老人，哄他说，"既然你也是这个想法，那就好办了，骏河屋那边也有八九分愿意了，看在我的面子上，请你一定原谅新助做的傻事吧！"

问题终于得以告一段落。

话题渐渐转移到了酒上。清次趁机提出，不如今晚就把新助叫过来，大家见上一面，互相看看都平安无事也就放心了，而且，让老爷子亲口劝他，让他不要轻率从事。"那顺序不就反了吗！"一开始老爷子死活不愿意，但最后还是让了步，接受了清次的请求。

但老爷子又嫌新助来得太慢了，让自己等了那么久，手头一直都很忙，再加上临近除夕，实在不能再拖拖拉拉的了，于是谢绝了清次的挽留，当下就要往家里赶。

"怎么样啊新助，做父母的还真是不容易，对吧？"

新助顿时觉得心里万分过意不去。他把两手撑在榻榻米上，深施一礼，两行热泪滚滚而下。

"哎呀，净顾着说话了，好不容易喝下去的酒又都醒了。不管怎么样，今晚我们提前庆祝一下，尽情地喝个痛快吧！说实话，我还真想叫一个艺伎过来，可你这个人太好了，万一她又坠入情网的话怎么办？……"

清次就像要摁着新助一样，强行让他喝下了很多的酒。

新助并不是很喜欢喝酒，但也许是身体太好了吧，不论怎么喝，他还从来没有过喝醉的经历。他努力让自己那并不高昂的兴致高涨起来，喝干了接二连三递过来的酒杯。

正如三太所言，天空不知何时已一片漆黑，风刚停不久，大颗大颗的雨水就叮叮当当打在了屋檐上，转眼之间化为喧嚣的瓢泼大雨。天空和河流的界线都已经分不清了。

三人的话语在这猛烈的大雨声中也不得不被迫中断了。凄厉的大雨让人感觉小小的茶座都在摇晃。他们三人又互相你敬我、我敬你地对斟对饮了一阵子，但雨看上去一时半会儿也小不了。

"不知不觉都十点了。我接下来还要到小梅町去，这鬼天气，真是烦人啊。"

清次一边发着牢骚，一边猛地拍了拍手，把女服务员叫了过来。

"小新，那我就坐轿子先走一步了，你和三太一起好好地喝一会儿再回去。"

扔下这句话后，他便离席而去。

二人又接着喝了半个小时，但看这天气，再过很久雨都不会停的，而且他也很担心在家的阿艳，于是打算就算淋个落汤鸡也要赶回去。

新助把想法和三太说了。三太说，自己要把荷足船存放在附近的一家船员旅馆，之后再自己走回去，让新助自己租一台轿子回家。

新助拒绝了，说最好两人一起回。

三太也同意了："你说得对，我们一起走去高桥。我把这家店的油纸伞借来，我们顺着大川端跑回去吧！"

好在没什么风。三太提着从茶屋借来的灯笼走在前头，新助提着用绳子捆好、带给阿艳作为礼物的食品盒，两人一起把木屐带子绑在腰带上，光着脚离开了川长。

两人在大雨和暗夜中艰难地行走，根本顾不上开口和对方说话。

往前走了大约二三百米的时候，全身就已经湿透了。

在两国桥的桥头往右拐，刚走到细川家的府邸的时候，大川端一带又刮起了大风。

只听三太"啊"了一声，原来是他手里的灯笼被吹灭了。

河边的道路平常就很少有人来，在这深夜的大雨中更是完全看不到一个行人，他们连借火的可能都没有。

灯灭之后，让人感觉黑暗的力量变得愈加强大了，自己的身体仿佛都要被吞没掉。也许是心理作用吧，雨的声音也感觉比之前更为剧烈地冲击着人的耳朵。

"天黑点儿我也没问题的，不过小新，你可要小心一点，你今晚喝得很醉了呢！"三太用很大的声音喊道。

确实如此，新助喝了大约有两斤的酒，清次和三太都提醒过他几次说："你喝醉啦！"但他自己只是感觉头稍有点飘而已，还没有到脚步凌乱的地步。

他反而更担心三太。

"我这样没问题的，你看起来有点艰难啊！"他拼命冲三太喊道。

也许是雨的声音太大了，三太没有任何回答。

过了一会儿，大约又往前走了有四五米远的时候，突然，"喊什么喊，你这个醉鬼！"新助的眼前突然有人骂骂咧咧地叫道。

三太有点奇怪啊，新助正犯嘀咕的时候，一把冰冷的刀的刀锋扑哧一声扎进了他的肩头。

他立即扭过身——也因此才没有受很重的伤——只觉得右边的

脖筋全都麻痹了，半边脸好像都掉了一样，那一大片完全没了感觉。

"你到底是谁!"新助一边挣扎逃命，一边大声喊道。

"蠢货! 连我的声音都听不出来了吗? 是老大让我带你过来，然后杀了你的!"对方说道。

他循声朝新助说话的地方猛追了过来。

新助把后背贴在房子的围墙上，胡乱地挥舞着伞柄，把对方击退了两三次，但很快被对方欺身到了手边，身体下部不知什么部位被狠狠地刺了一下。对方似乎是怕他又溜走了，用左手抓住他衣服的前襟，劈头盖脸地朝他猛砍。

之后就是双方互相扭打在一起了。

"你这狗东西!""畜生!""你这家伙!"两人像野兽一样互相怒吼，在泥地上摔打。

新助把全身的力气都集中在两只手上，拼命想要把对方的右手拧过来，把他拿着的刀夺过来。

在殊死拼斗挣扎、你争我夺的过程中，他愈发勇猛得可怕。

三太醉得太过了，终于难敌他的蛮力，被他把刀抢走了。但他毫无畏惧地朝着新助又扑了过来。

瞬间新助就把三太刺倒在地，并像骑马一样跨在他的身上，高举着刀向着他的头顶砍去，并像老鼠啃东西一样朝着一个地方一下一下嘎吱嘎吱地割。

于是对方很快就死了。

为什么杀了他? 为什么作出如此残忍的事?

这他自己也不清楚。

因为他内心里觉得，不杀掉对方，自己怎么也逃不掉了，并且是在一心只顾着拼命反抗的过程中才这么做的。

大概也只能这么解释了。

精神上的打击另当别论，尽管身上还负了不少伤，但他惊讶地发现，自己的体力并没有因此而疲惫不堪——怎么杀个人这么简单？

"逃跑还是自首？"这个问题立刻浮现在他的脑海。

但很快他就做了决定，想着先回去和阿艳小姐见一面再说也不迟。

他用脚尖拨弄了一下就在刚才还一起嬉笑怒骂的三太的尸体。对方如同一根木头一般怪异地倒在那里，让人感觉又可怕又愚蠢。

他顿时觉得，人这种东西就像是一台精密而有趣的机械。

为了防止很快就被人发现，他把刀和尸体都抛进了河里，在依旧下得很大的暴雨之中，朝着高桥飞快地跑去。

"是老大让我来杀你的。"三太是这么说的。这样看来，清次居然是一个大恶人，那家船员旅馆肯定就是戴上船老大面具的无赖汉的巢窟了。

清次既然想要杀他，肯定是费尽苦心要把阿艳据为己有了。刚才他离开的时候曾说要去小梅町的，这么看来，阿艳小姐可能已经出事了。就算清次不在家，如果那家的人互相勾结在一起，提前谋划了这一切的话，那么稍不留神，新助就会连家门都进不了了。

总之，要想见到阿艳小姐可不是一件容易的事。想到这里，他对自己落入恶党的陷阱之中一事感到万分的悔恨，对清次的仇恨一下子就爆发出来了。

"杀一个人和杀两个人都一样。找个机会把清次那家伙也一并杀了，大不了自己也当场自杀算了。"新助的内心已经有了一不做二不休的想法，但同时也想到，在见到自己一直深爱着的阿艳小姐之前，无论如何也要活着。不过，要是见不到阿艳小姐了怎么办？想到这里，对清次的怨恨之心也消失了，心里充满了无尽的悲哀。

想着尽可能不惊动他人，悄悄地回去，新助在离旅馆四五米远的地方开始蹑手蹑脚地绕到了房子侧面的小路上。

他把耳朵贴到了厨房门口的防雨窗上，看看能否听到什么，比如阿艳小姐的哭声之类。

但里面一片死寂，没有任何人说话的声音。

这种天气，就算是发出一点响动也没关系的，想到这里，他把手伸向了位于角落处的一扇防雨窗，试图把它撬开。

就在这时，或许是因为没有任何东西把它固定住的缘故吧，那扇窗子居然嗞溜一声，轻而易举地就被他推开了。六张榻榻米席子大小的房间里只点了一盏纸罩座灯，散发出微弱的亮光，除此之外没有丝毫异常的迹象。

为以防万一，他把厨房水池旁边挂着的厚刃尖菜刀揣进怀里，蹑手蹑脚地往楼梯的地方走去。

"谁啊，是三太吗？"

女人的声音传了过来，就像是耳语一般轻。新助也用同样嘶哑低沉的声音回答道："是，是我。"

他停下了脚步。

"怎么样，事情办得还顺利吗？"女人接着关切地问道。

她独自坐在一个长方形火盆的旁边，看来她一直都没睡，一边烤着被炉，一边在等着三太归来。

奇怪的是，每天晚上都在相邻的那间八张榻榻米草席大小的房间中睡觉的男人们今晚居然一个都不在。新助心里咯噔一下，他想，阿艳该不会是被他们带到别的地方了吧？

"你放心吧！当然是事情办妥了才回来的。"

他模仿三太的语气说道，然后猛地拉开拉门，突然跳到女人跟前，然后用和以前一样极其温和的语气问道："阿艳小姐在哪里了？"

"你是小新！"女人吃惊得差点晕倒在地。但她努力克制着，想着无论如何也要想法搪塞一下，以便脱离险境。

但新助是不会允许她有那个时间的。

他全身都弥漫着一股杀气。

直到在灯光照射之下他才发现之前自己一直没有留意到的一件事，那就是，自己那被撕得乱七八糟的衣服上、包括身体的很多地方，都被泥、雨水和鲜血染脏了，整个人就像恶鬼一样惨不忍睹。

新助"啊"地叫了一声，明白自己再也隐瞒不了杀了人的事实了。

"小新，你怎么了？"

女人终于回过神来，假装糊涂地问他。

"我也没干什么，就是把三太杀了。你要是告诉我阿艳小姐在哪儿，我就饶了你。"

他把菜刀伸到她的鼻子跟前，气势汹汹地问道。

但那女人一下就把它拨开了，沉着得让人觉得面目可憎："可能在二楼吧。"说完，她把烟管点上，故意装出若无其事的样子。

这个女人原本是吉原的娼妓，在清次的发妻去世之后被纳为正妻，个子比较高大，肤色特别白，长得很漂亮，年纪约三十二三岁，平日里就为人霸道，常自诩为女汉子，所以在这种场合之下也能泰然处之。再加上她一直认为新助就是一个像女人一样的奶油小生，所以就算新助说了"我杀了三太"，她也认为那不过是一场恫吓罢了，所以决定毫不示弱。

新助打算先去二楼查看一番，于是想在此期间先把她的手脚捆住，以防止她逃跑。

"你别太放肆了!"

女人小看了他，反倒想冲过来把他扑倒，但被新助朝脊柱用力地打了一拳之后，她就像半死了一样任由新助随心所欲地摆布了。

把人的头部和四肢极其迅速地弯曲、扭转、踩踏、制服。刚杀过一个人的经验，让新助的技巧变得异常地娴熟。他轻轻松松地把女人的四肢捆得结结实实的，甚至还不忘找了个东西把她嘴巴堵上。

新助提着灯笼上到二楼。房间自然是要查看的，就连橱柜、屏风后面等每个角落都搜了个遍，但就是没有阿艳的踪迹。虽说在他的意料之中，但他愈加确定了，阿艳是给人拐到哪里去了。

新助就像是找不到方向的迷路儿童一样，心里一片茫然，忍不住哭出声来，又近乎疯狂地从楼梯上冲下来。

会不会在这里？他心念一闪，这下又从楼下的所有房间到走廊各个角落都翻看了一遍，还是没有。

"到底在哪儿，老实交代! 不说的话我就要了你的命。"

说完，他取下塞在女人嘴里的东西，把菜刀啪啪地拍在女人的脸颊上。女人只是安静地闭上眼睛，沉默不语。过了一会儿，她睁开细细的眼睑，用冷冷的眼神扫了新助一眼。

"就你一个乳臭未干的毛孩子，能吓得了我吗？你要杀就杀吧。"说完她又把眼睛闭上，像一块石头一样，一动也不动。

新助忽然想到，刚才自己还漏看了女用人的房间了。比起折磨这厚脸皮的女人，不如盘问一下下人更为有效。

想到这里，他迅速冲了进去。但奇怪的是，平常有三人一起住的女用人的房间里，今晚一个人都没有。

可能是考虑到会妨碍到他们要干的坏事，于是提前把这帮用人打发出去办事去了。

忽地不知想到了什么，新助又再次返回女人的身旁，解开了她手脚上的绳索，将头磕在榻榻米上，就像乞讨一样合掌说道："老板娘，这全都是我的错，你生气归生气，但请你原谅我，我不说什么了，我这样……就像这样求你了，你消消气！但求你能把阿艳小姐所在的地方告诉我，拜托了，拜托了！"他真诚地说道。

"在不在的，你找找不就知道了吗？这跟我也没什么关系啊！"

"都到这个时候了，你就别装了。一定是你们互相勾结，把那个女孩子拐到哪里去了吧？我也大概知道的。好啦，老板娘，我刚才不是跟你坦白说，我是杀了三太之后才回来的吗？我又不是说见到阿艳小姐之后会怎样，会把清次先生抓起来杀掉报仇之类的。在我明天去官府那里自首之前，想趁现在再看阿艳小姐一眼，哪怕一眼也好啊！我不就想跟她道个别嘛！你就答应我这个请求也没什么坏处啊！只要我把这心愿了了，就算坐牢，就算遭再多的罪，我也绝不乱说话，不给你和清次先生添乱！"

"这个嘛，小新，刚才听你胡说什么我们相互勾结，不给我们添乱什么的，你有什么证据吗？因为你杀了人，所以精神有点不正常了吧！三太做什么，跟我们这些做老板的没什么关系嘛，所以自首也好，报仇也好，你想怎么做就怎么做吧！"

"既然你都说了你自己跟这件事情没有关系，那就请你告诉我那个女孩在哪里就好了啊！还有，清次先生到底去了哪里呢？"

女人愈加放肆起来了，她摆出一副无所畏惧的态度，把手揣在怀里，用极其冷淡的态度说道："你说船老大啊。这段时间他每晚都去了哪里，我怎么会知道？要说阿艳的话，实际上她傍晚说过自己要去剧场看表演的，然后应该是和女用人一起去广小路那一带了，到现在还没回来，那肯定中间出了点状况了吧！"

听了她那让人恨得咬牙切齿的话，新助心里的念头又再度转向了可怕的那一面。"你这混蛋，赶紧告诉我啊！"他在心里暗骂。既然确定没法从这个女人的嘴里撬出阿艳的所在，那他只好暂缓前去自首了，哪怕一个月也好，半年也罢，总之一定要坚持等到找到她之后再说。在那之前是否能让他所犯的罪行不暴露出来呢？

首先最能确定的一件事就是——这个女人一定会告密的！

"这家伙是清次的老婆。要是把她杀了，我自己也就没事了，阿艳小姐的仇也就能报了。看这副目中无人的嘴脸，她肯定想不到就要被我杀掉吧？瞧那目中无人、傲慢无礼、盛气凌人的样子，还真是有趣。我只要这样用力一勒紧，她马上就会变成一具尸骸了，真是不可思议啊！"

在那一瞬间，他的想法向更为凶恶的那一面倾斜。他默默地把扔在脚下的麻绳捡了起来，突然向那女人的脖子上套去。

之后，他按照头脑中所设想的那样，把事情办了。

事情办完之后，先前的疲劳感才从心里升腾而起，这让他一度有点沮丧："我真是一个罪大恶极的人啊！"想到这里，他感觉自己手脚的皮肤都突然变得黑乎乎的了。

现在就算想尽早逃离，穿着这身血迹斑斑的衣服也是不可能的。

于是他朝厨房门口走去，把衣物脱了个精光，把全身的血都冲洗干净了。

好在壁橱里的架子上放有一套像是清次用来替换的衣服，于是他就取出来换上了。

结城绸的棉衣，和服外罩，再加上曾被作为贡品的博多腰带，这些正合新助的心意。他就喜欢这种很端正的样式。

接着他又打开衣柜的抽屉，抓了一把大概有三两左右的金银钱币。首先是因为自己囊中羞涩，另一个，也是想制造出家里遭了盗贼的场面来。

至于自己所换下的唐栈的衣服，他在其中裹上了制作腌菜时使用的镇石，扔进了小名木川河里。

经过如此这般的布置，自己杀害三太和清次老婆的所谓直接的证据也就湮灭了。

新助内心虽然忐忑不安，但总体而言还是勉强放心了。

户外的雨完全停了。深夜的月亮又回到了晴朗的天空中。他戴上同样也是偷来的黄色头巾，安全地通过了设置在大马路边的街角警察署的门口。

三

　　新助还住在位于浅草老家里时，因为父亲的缘故，时不时地被带到本地的业平町一个叫做金藏的赌徒家里。

　　在犯下罪行的那个晚上，无奈之下，他前去投靠的便是那里。

　　金藏年轻的时候做了很多胡作非为的事，但在两三年前，在他度过五十岁关口的时候，他有了一定的财产，也明白了很多事理，是一个商业领域少有的极其稳健、并且富于侠义心肠、宽广大度的人。

　　新助相信这个人是没问题的，于是把事情的经过简单地告诉了他，并以见过阿艳小姐之后就去自首作为条件，恳求他暂时收留自己。

　　但他在坦白杀死三太的事情时，并没有提到有关清次老婆的只言片语。

　　"新助先生，既然你来求我了，我就答应你，但是我有一件事情不解：你说你杀完清次以后直接就跑到我这里来了，那为什么你的身上满是伤口，但衣服却一点也没脏呢？这究竟是怎么一回事儿？"

金藏当时马上就这么问道。被他一下指出漏洞的新助不禁全身一阵战栗。他本以为在逃出清次家之前，他已经把身体都洗干净了，听他这么一说才留意到，现在自己的指甲上、脖子周围都还有凝固的血迹，左边的鬓角上的毛发还像涂过糨糊一样僵硬。

眼看瞒不住了，他只好把所有事情都坦白了。

"大致和我猜测的一样……既然你都说得那么清楚了，我不会不好好负起这个责任，跟你一起去找阿艳小姐的。但我有言在先：你一见过那个姑娘之后就要马上去自首哦！我自己以前也杀过一两个人，那种味道，一旦记住了就停不下来的。你原本是一个气量很小的人，但是从今往后就不一样了。世间再无让你害怕的东西了，但有趣的东西却无穷无尽。新助啊！你现在就处于紧要关头呢！如果不好好冷静地想一想，你可能会很快地往不好的方面堕落，变成一个可怕的人！不管你愿不愿意，都要去自首，这听起来有点残忍，但是就算我救了你的命，这对于世人来说，对你来说，都是一种祸害，是不会有什么好处的，以后可能还会出人命的！"

对金藏的忠告之言，新助并不是很明白。他之所以像这样百般忏悔，甘心认罪，是因为早就下定了决心，没有理由会害怕将来会发生什么了。

他发自肺腑地、真诚地向金藏一再发誓，自己之后一定会去自首的。

新助就像是一头曾被唤起的猛兽又再度被驯化一样，回归成原先那种柔顺温和的男子。在他看来，那天晚上所发生的事，就好像是被恶魔附体之后所做的梦一样。

金藏甚至和他商量，让他住到武州大宫一名结拜的赌徒兄弟家里暂避风头，但那样一来，他也就没机会再见到阿艳小姐了啊！

幸运的是，那天晚上所发生的事情好像并没有成为街头巷尾的谈资。在他逃过来的第二天一大早，金藏若无其事地从细川家的土墙边经过时，发现血痕已经被那天晚上的雨水冲刷干净了。原本丢弃在地上的油纸伞也不见踪迹，唯有从川长带回来的礼品盒散落了一地，被踩得乱七八糟的。

似乎在清次那边看来，是三太在行凶之后顺便又把自己老婆一并杀了，之后卷起财物逃亡去了。所以就算清次不巧在路上遇到新助了，只会惊慌失措，绝不需担心他会去报官。

——这些是金藏悄悄托人从有交情的船老大那里打探得来的消息。他让新助赶紧把有问题的衣服都给脱下来，把自己手头现有的棉衣借给了他。并让他在脸上装上假的黑痣，白天扮作卖草鞋的，夜晚化为面摊老板，专门在深川的各个镇子上闲逛。

日子就这样过去了。转眼到了正月。

新助每天都会去新桥一带转悠。

死了老婆的清次没过二十天就又娶来了第三任老板娘。船员旅馆依旧生意兴隆。

新助猜测阿艳小姐肯定是被他给卖掉了。谨慎起见，他提心吊胆地去了位于橘町的主人家，从店门口的门帘往里窥探时，店里没有发现有任何主人女儿回来过的迹象。

他还听到传言，说主人去年开始就因为阿艳的事愁得生了病，现已病重卧床。

他心痛不已，决心从此不再踏入橘町半步。

他在心里就把小名木川一带给放弃了。他把江户所有的花街柳巷，甚至包括小梅町、桥场、入谷附近但凡像是别墅、妾宅的地方都找遍了。

到了二月底的时候，还是没有发现她的所在。

终于向岛的围堤上的樱花开始盛开了。晴朗的天空飘着彩霞，走在路上的商贩高声叫卖，暖和晴朗的天气让人慵懒犯困。新助也随着阳春的回归而感受到内心思念、辛酸、悲伤等情绪带来的强烈的冲击。

他做梦都想着至少再见阿艳小姐一面。

"新助先生，你在找的那个女人，很可能就是仲町的一个艺伎，名叫染吉。"

这是三月下旬某个夜晚的事了。金藏回家时带来了喜讯。

据他所说，那天晚上，他带着两三个手下去深川的尾花屋去喝酒，没料想，被请到隔壁包厢表演的一个艺伎，其样貌也好，年龄也好，和平日里听新助所说的女孩都一模一样。首先第一点是，具有非同寻常的美貌，上眼皮稍微有点肿，眉毛像男人一样浓密，笑的时候右上颚有双重齿，那反而给她增添了别样的风韵，在说话的时候有歪嘴咬嘴唇的习惯，声音很娇媚，有摄人心魄的魅力，这些特征让他相信，那肯定就是阿艳小姐了，于是暗自打听她的身世来历，知道她就住在砂村的赌徒德兵卫的家里。

德兵卫是一个就连同伴也对他很不齿的无赖汉，却和船老大清次的关系很是亲密。

金藏把能打听到的消息都打听了。情况了解到这个地步，几乎没有值得怀疑的余地了。

当然，新助也确信这一点。

"应该就是她了，不过我还有一些事情不是很能理解。现在先跟你说说，如果到时候发现是真的了，你可能会觉得很难受啊。"

金藏先是打了个预防针，然后告诉他关于地方上对染吉这个人的评价。

她大约一个半月之前刚来仲町，转眼间技艺就很娴熟了，且又是一个很聪明的人，被誉为深川地区首屈一指的大美人，特别地抢手。包括日本桥附近的布店的少主人、麹町的旗本①某某、此外还有五六个花花公子都迷恋地追求她，在她身上豪掷千金，但完全被她玩弄在股掌之间，没人得偿所愿。地方上的人都猜测说，是那个德兵卫被她迷得神魂颠倒，出于嫉妒，才没让她去接待那些客人的。她所属的那家艺伎屋的女老板实际上就是德兵卫的小妾，虽然是用他的资本开的这家买卖，但德兵卫和老板娘以及染吉仨人之间，每天都不停地互相争风吃醋。而在离现在大约十天以前，老板娘终于被赶出了艺伎屋，染吉成了那里的大姐大。她还是地位稳固的"羽织艺伎"②。德兵卫做得是过分，但这个染吉确实也是手段高明，这与她的年龄很不相称。关于她的这些流言蜚语传得到处都是。

"但是否真的像世间传闻的那样，染吉被德兵卫随意操控，这很值得怀疑。"金藏用安慰的口吻加上了自己的意见。德兵卫只是像其他的客人一样拼命在讨好她，因此她有没有被他占有还不知道。往往成为众多女人羡慕的焦点后，就可能遭受一些无谓的中伤，

---

① 日本古代武将的一种官职。
② 专指江户、深川的艺伎，她们习惯穿着羽织前来应召。

所以一般来说，传言有一半都是谣言。但从她被叫到金藏所在的茶室之后的表现来看，她已经太过老于世故了，无论如何，这和去年年末还以当铺老板千金的身份生活的女孩子相比，差别大得让人无法接受。乍一看，她一点都没因为自己所爱慕的男人去向不明而变得忧郁，始终在开心地笑着、闹着，没有寻常女子的那种拘谨，而是大口大口地喝酒，不过要是喝的是闷酒，那也不是不能理解。

"不管怎样，你明天尽快去见她一面。你一个人去也行的，我跟尾花屋说好了。"金藏说道。

新助对德兵卫这件事很介意。综合其他事情来看，他心里已经认定这些都是事实了。大口喝酒、老于世故、表现得毫不忧郁，这些都符合堕落了的阿艳小姐的变化。

但不管她在外表上如何堕落，只要她对自己的心意没有改变就行。新助想。

第二天，新助理了一个月代头①，洗了澡，洗掉了脸上粘着的假的黑痣，恢复了先前干净利落的模样。

人一旦犯下可怕的罪行，内心的污点就很难洗掉，但他的眼睛依然还像孩子那样天真可爱，丰盈的脸颊一点也没有变得苍白。

万一被清次看到的话，为了防止自己的丑事败露，说不定他会发动突然袭击——金藏提醒过他，于是他决定在不引人注意的黄昏时分坐轿子去。

说起来，今晚和染吉的会面可能是这辈子的最后一面了。

"那我就出发了，承蒙您长期关照了！"

---

① 成年男子常留的一种发型，把从前额到头顶的头发都剃光，方便戴帽。

临行前，新助双手伏地，向金藏深施一礼，用郑重的口吻说道。

"是啊，你这一走，我们可能就再也见不到了。那么，如果染吉就是阿艳的话，你也不用再回来了，明天就去自首吧。可能你还舍不得走，如果再留两三天，可能就要动摇了。你就堂堂正正地去自首吧，接下来的事情交给我，你父亲的事，你就不要担心了。"

想到自从自己把新助收留在家之后，新助的行为都很正派，金藏相信就这么放他走也不打紧。但他又有点担心，新助会不会受到阿艳的鼓动而选择殉情呢？

于是他问新助说："和阿艳见过之后，你究竟打算怎么做？"

"我一定会叫她回到橘町去的。"新助毫不犹豫地说道。显然他已经下了很大的决心。

"说得好。你果然还是以前的新助没变。"

金藏说完，拿出一些金币，作为饯别的礼物摆在他的面前。新助拒绝了，说自己在这四个月期间做买卖存了一些钱，所以不用了。"是吗？"金藏于是直爽地把钱收了起来。

其实他是在想，不让新助带太多的钱为好。

那天晚上吹着和煦的暖风，春意正浓，月色朦胧。在黑暗中的小路上穿行的人们的脸就像玉兰花一样，泛着淡淡的白光，发出淡淡的清香。

新助所乘的轿子笔直地穿过高桥大街，来到了黑江町。在第一座鸟居①时向左拐，就到了仲町尾花屋的门前。

---

① 神社入口的牌楼。

他记得自己曾在镇上的料理店里喝过酒，但踏入这种花街柳巷中的茶屋还是第一次。

作为"业平町的老大特意要求关照的客人"，他受到了殷勤备至的接待。

他被带到了位于茶屋深处一间独立的包厢里。

从庭院繁茂的植被间隙中，可以看到透过来的鞍马灯笼的灯影在闪烁。

这是一间寂静雅致的建筑。

在热闹非凡的欢乐巷当中，居然还藏有这样隐秘的场所，这让他很是惊讶。

"我要见一名叫做染吉的羽织艺伎，其他人一概不要。"新助固执地对女用人说道。那语气就是要让人误以为是一个自诩为日本头号大色狼的老嫖客要点本地最有名的头牌艺伎染吉、于是粗俗地闯进来一样。

新助闲得无聊，便斜靠在柱子上。过了一会儿，从柱子背后的瓦灯口①处，染吉伸长脖子走了进来。

没错，就是阿艳小姐。

这天晚上的阿艳小姐，穿着伊豫染布做的条纹绉绸夹衣、绑着以金丝编织、刺有重叠的菊花图案的黑褐色带子，隐隐露出石墙形的绞缬扎染衬衣的下摆，略施白粉，确实是深川首屈一指的人气艺伎该有的俊俏打扮。

一看到客人背影的那一瞬间，阿艳便啪嗒啪嗒跑上前来，那黏

_____

① 在墙壁上开设的上方半圆、下方方形的出入口。尤其常作为茶室的出入口。

84

乎乎的声音，就像是光着脚跑在新榻榻米上发出的一样。

她绕到男人跟前，嘴里"啊呀"地叫着，咚的一声跪倒在地。

"你居然没事！我一直都很想你，想得要死……"她大声地喊着，跪坐在地上。

"这么好的一个女孩，我明天就得离开她去自首了，这就是命啊。"新助忽然想到。对生命的强烈执念在心里油然而生。

女人首先详细地说起了那晚他们分别之后发生的事情。那是去年十二月二十日的夜晚，她永生难忘。

那天晚上，新助被叫出去以后没多久，老板娘就把女用人和小伙子们全都打发出去了，说："今晚放假，大家都找个地方出去玩吧！"

阿艳和清次老婆留守在旅馆里闲聊。那场雨下得特别大，其间，清次带着两三个陌生男子醉醺醺地回了家。

他突然不由分说地把阿艳捆了起来，堵上嘴巴，塞进轿子中，把她掳到了砂村的德兵卫家里。

他显然早有预谋，因为在砂村那里，德兵卫和其他五六个看起来很粗俗的男人早就嘻嘻哈哈地等在那里了。

他们在大厅里围坐成一圈，开怀畅饮，阿艳被带到大厅中间，被他们调戏、踢打。但她倒是不怎么担心自己的性命。

这些男人大抵上都很迷恋自己，如果是这样的话，就算清次百般劝说，只要自己不答应，大不了就是被他们卖掉，对这么贵重的宝贝，他们是不舍得加害的。

于是她不以为意，表现得很大胆。

就算他们威胁说要杀了她，她也没露出丝毫胆怯。

她只担心新助的安危，由于过于思念，日夜寝食难安。

之后果然和她所料想的那样，清次把她关进了一间密室，每天都来劝她说："我早就被你迷得神魂颠倒了。实际上，欺骗新助、让你们二人私奔也都是我的计划，我做下这等坏事全都是为了你，你就答应下来，做我的小妾吧。只要你答应，我保证让你过得舒舒服服的。"

关于那晚以后新助的境遇，无论她怎么问，就是得不到明确的答复。

"那家伙啊？那家伙的事情你就全忘掉吧。好像前些日子被他清岛町的父亲带走了吧?"他说。

这明显就是说谎。清次自从收留了二人之后，对分别住在橘町和清岛町的双方父母，全都装傻充愣，肯定没有把话带到。

阿艳判断新助十有八九是遇害了。但她绝不轻易就范。

被关押的时间很长，从岁末的二十日一直到开春的二月份。清次始终耐心地走上走下，软硬兼施，但无论他怎么说，阿艳就是不答应。

德兵卫把这一切都看在眼里，实在看不下去了，就反复去劝清次，渐渐地，她就没被关押了，取而代之的是严密的监视。清次会让她做一些杂活儿，跟她说一些让人恶心的恭维话。

清次经常改变策略，想尽一切办法只为讨好她。

德兵卫和清次年龄相仿，但甚至比他还坏几分，表面上待人很温和，几乎从不发怒，乍一看甚至让人以为他是一个善解人意的大善人。他居于两人中间，说一些体贴对方的话。

尤其是对阿艳，他常暗地里接近她，各种各样同情的话张嘴就来。

"这个男人也没安什么好心。"阿艳很快就感觉到了，于是表面装作接受他的同情，费尽心机地想要麻痹他。

她想，一旦逮到机会，就要逃离砂村去找新助。

某天晚上，她想方设法地给德兵卫劝酒，一边像是自言自语地问道："我已经都快完全忘了新助了，话说，那人现在不知道在哪里呢……"

然而，阿艳从德兵卫暗示的话语中，获知了迄今为止做梦都没想到的惊天秘密——那天晚上，清次让心腹三太在大川端杀害了新助，不知为何，三太顺带着把清次的老婆也给杀了，然后偷钱跑了，随后清次又迎娶了第三房妻室……

这些事德兵卫当然不会明言，但联系前后综合考虑，应该就是这样了。

渐渐地，阿艳终于对寻找新助一事开始死心了。

为了死去的男人，一定要找个机会向清次复仇，她在那时起便下定了决心。

没过多久，德兵卫给清次出主意说："看来那个女人是不会从了你了。要是把这个美玉一样的姑娘卖作妓女，那也太浪费了，不如你高价卖给我吧？我会试着说服她，让她去我在仲町的家那边当艺伎接待客人的。"

一开始清次也很不舍得，就是不答应，但最后也无奈地放手了。

"反正你已经不是清白之身了，干脆为自己作个打算，当个艺伎吧！"

德兵卫诚恳的态度让阿艳最终难以拒绝。因为如果被卖身为娼的话，那不管愿不愿意都要被玷污。德兵卫把自己从火坑里捞了出来，说是担保自己的贞操，只让自己做艺伎的工作而已。如果新助泉下有知的话，是不会怪罪自己的。自己这辈子也不打算再回橘町了，既然打算一个人生活下去，那么选择艺伎作为营生是最合适的。

思来想去，对于自己来说，这可以说是求之不得的了，于是她一口就答应下来了。

当上艺伎之后没多久她就获得了一流的名声，从一个完全受雇于人的身份一下子就一飞冲天，变成了自主经营的艺伎。虽然其中德兵卫也帮着打通了一些环节，但不管怎样，她总算有了属于自己的一套房子。

在重获自由之后，她又想起了新助的事，于是暗暗派人四处搜寻过，但没有下文。另外，关于德兵卫所提到的那些事当中，至少关于三太和清次老婆的那两件事是真实发生的，所以她心里已经认定，新助真的已经被杀了。

这大概就是命中注定的吧，想到这里，她也坦然接受了。

虽然心里还有点过意不去，但她发挥自己泼辣的天性，日子过得倒很随性自得。

没有比艺伎更好的营生了。没有比骗取那些愚蠢的男人更能让她感觉畅快的事情了。

现在又遇到了以前的情夫，不管明天如何，反正今晚可以把自己献给他了，没有比这更值得高兴的事情了。

阿艳说完，仰着脖子喝了一大口酒，用似乎已经渗出血了一样红通通的眼死死盯着男人的脸。

"好久没喝这么痛快了，给我倒一杯吧！"

说着，她跪着往新助的前面蹭，并把杯子递给了他。

"阿艳小姐，别这样。我已经不值得你托付了。"

新助把凑过来的女人的手猛地推开，然后又重新正襟危坐。他把自己所犯的所有罪行毫无隐瞒地、就像摆在女人的鼻子跟前一样坦白着说了出来。

"所以说，明天我要不去自首的话，也没有脸再回业平町了。我早就打算见你一次然后就去死的，请你原谅。"

男人说完伏在地上痛哭起来。

"你要是死了我也不活了，你怎么还那么死心眼啊！"

阿艳并没有表现出感动的样子来。她就像个醉鬼一样瘫坐着，连腰都直不起来，一边打着嗝一边冲他喊道。

"要说起来都是因为我，你是杀了人，但越听我越觉得情有可原。清次的老婆也一样，你是报仇，哪里有错了？我觉得她是活该！好了，小新，你不要去自首，业平町那边的人不会去告发你的，也没有其他人知道，你可别犯傻，现在不流行这个了！"

"你在胡说些什么呀！"新助惊讶地盯着女人的脸，然后又恢复了温和的语气，恳求似的想要说服她。"你说得确实也有道理。不过这罪我要是逃了，心里会过不去的。我不躲了，我去自首，这才能对骏河屋、业平町以及清岛町的父亲有所交代啊。说实在的，我很舍不得你，还有这个世界。所以我有个要求，请你尽早离开这个行当，回到橘町去。我不是告诉你说，你父亲很担心你，从去年开始就卧病在床了吗？要是见到你，他肯定会很高兴的。过去的事情他不会永远记在心里。借德兵卫的钱，只要你跟主人说了，他一定马上就帮你还了。"

"别说了，这种事说起来就烦。"阿艳猛地把头背了过去，"我刚才也说过了，我不想再做一个老实巴交的人，我还是喜欢现在这个样子。你就别管我了！"

"你又固执了，我特意在临终时刻来找你的，你再不听就太不像话了吧！无论多坏的人，都不能忘了父母的恩情，这是理所应当的。难道说你当上艺伎之后，连自己的灵魂也都腐烂了吗?"

"啊，当然已经腐烂了。管他什么父亲母亲的，我连做梦都没想过。"

说完，阿艳还想强撑着，但很快就趴在男人的膝盖上放声痛哭起来。

"好不容易见个面还要吵起来，小新，我真是不懂你。要真是临死之前的要求，我什么都依你，但我绝不会让你去自首的。你想去死，我偏不让你去。今晚好不容易见了面，明天就要去自首，难道你只是因为顺路，所以想着先到我这里来一趟的吗，你也太绝情了！"

道理和意见都说了，但女人根本不听。她的痴情让新助也不禁心神激荡。

他没办法说服她，只好沉默不语。但他的决心到最后也一直没有动摇。

女人想了想又说道："那我也不为难你了，我们一起好好的，至少在我们家二楼再住上两三天吧！"她一个劲儿地哀求乞怜。

"吵架后分手，就算死了也难受啊！"新助对自己的良心、对自己对女人的强硬态度如此辩解道。

于是他让了步，答应了阿艳的要求。

"在这个地方说话还是有点不自在，在你还没改变心意之前，我们回到家里二楼去喝一杯吧！"

阿艳自然大喜过望。烂醉如泥之下，她摇摇晃晃地勉强站了起来，抓住新助的手一个劲儿地催促他。

二人特意分头离开了尾花屋，在第十二个拐角处碰了头。

月色朦胧中，新修的道路反射着白色的光，也留下了二人甜蜜的身影。他们又一次像先前那次私奔时一样，满怀兴奋地向前走去。

八幡神宫境内永代寺的院子对面，紧邻马路的一侧有一排房子，其中一间的外面挂着写有"茑屋"字样的灯笼，那就是阿艳现在的住所。

房子不大，但有两三个雇工和女用人，材质讲究的二层房屋的柱子、门窗隔扇等都显出主人干净利索的生活习惯。阿艳对走到格子门前迎接她们的一个十五六岁的女孩耳语了几句，便脱下木屐，领着新助匆忙上了楼梯。

在橘町骏河屋的店里时，背着别人享受着偷偷幽会的乐趣，寄居在小名木川旁边的清次家里时，一边忍受着船老大们的冷嘲热讽，一边度过的梦幻般的二十多天……阿艳沉浸在甜蜜的回忆中，在唤起对过往的美好回忆时，又不禁悲叹二人那太过短暂的热恋的虚幻。

"那时候我模仿艺伎们，把我（watashi）称为'wachiki'，你还很生气呢，现在应该可以接受了吧？"

在聊起那些话题的时候，阿艳使用了很多粗俗的"辰巳语言"①，而对于新助现在还叫她"阿艳小姐"一事，她批评说，这样显得太过生分了，要求他至少今天晚上要做一个真正的当家的，直接叫她"阿艳"就好。

"我再叫你小新也不合适，以后就叫你新先生吧！"她说。

新助摆手说酒喝不了了，但女人没有答应，硬是抓住他往他嘴里灌。平日里堪称海量的新助或许是最近也感受到了酒的味道吧，他的酒量变弱了，随着深夜的到来，醉意逐渐越来越深地沁入了他的身心。

三天的逗留是两人热恋的最后时光，想到这点，两人都敞开了，从早到晚都点平清料理店的外卖料理来吃，并一瓶接一瓶地开怀畅饮。

两个人连起床时间和睡觉时间都分不清了，整天处于亢奋的状态。到第三天傍晚时，两人就累坏了，脑子虽然清醒，但意识已经朦胧了。

仔细想想，其中什么快乐的记忆都没留下。

还是从尾花屋逃出来的第一天晚上最开心。

但新助还隐隐记得，就在今天早上，在可怕的醉意的驱使下，他曾经对阿艳说出过一些令人讨厌的话。

"你的嘴巴是变得很能说会道了，但心里呢，没有像过去一半那么想我。德兵卫这个人啊，又有钱，又解风情，和我新助相比，简直一个天上一个地下。我还是早点自首去吧，这样你会过得更

---

① 即娼妓所使用的行话。"辰巳"在十二地支中对应着东南方位，而江户深川一带的花街柳巷就位于江户的东南方。

快活。"

"啊，别把我当傻瓜！如果你想说一些吃醋的话来讨好我，那你就变成像他那样蠢了，快住嘴吧！你别看我这样，除了你，我还没跟别的男人有过关系呢！"

"可德兵卫不是为你花了很多钱吗?"

"那全靠我的手段啊！我是还没杀过人，可是要论做坏事，你可远比不上我。"

听到这里，男人顿时心满意足了，用充满欣喜的哭声反复说道:"对不起，对不起!"

"我真是愚蠢，一点也不懂事，还怀疑你了。听你这么说，我就算死了也心满意足了。"他说。

"你从来不说这些任性的话，偶尔也能为我吃吃醋，我反而更高兴了。"

男人这时深切地感觉这个女孩子真是太可爱了。他顿时觉得豪气大盛，心里已经无所畏惧。

"对了，新先生，反正这样三天也好四天也好，其实没什么区别，你再留半年吧!"

这似乎才是她的目的所在。阿艳把能想到的话都说了，就是想留下他。新助已经忘记是怎么回复她的了，总之都是些含糊不清的话，唯一可以确定的是，他最后就任由她安排了。那时的他已完全没有别的想法了。

之后昏昏沉沉地睡了一觉，下午两点的时候醒了，两人又继续开始喝酒，但此时不知为何，心里已经完全没有了那种既紧张又愉悦的感觉。明明说今晚就是最后一晚了，但天刚黑下来，两人就开始发呆了。就算想一醉方休，但越喝眼越花，头越痛，也只是让心情更加沉闷而已，欢乐过后的失落感从心里油然而生。

"新先生，今天早上说的话你可别忘了啊！"

低垂着头沉默了一会儿，阿艳忽地想起来，用少有的忧郁口吻和他撒娇着说道。她反复说："就算你留不了半年，那至少再呆两三天也好，我们再痛痛快快地喝一场，然后再分别吧。"

新助反复恳求阿艳说，自己明天就要去自首了，让她务必回骏河屋去。双方都很固执，彼此都不愿意退让哪怕一步，结果就是不欢而散。

于是两人都更加郁闷了。

"啊，好没劲啊，太没劲了。"

阿艳不满地说着站起身来，拿来了一把三味线，猛地打开走廊边的推拉门，靠坐在门槛边上弹起了《河东小调》。她一贯引以为傲的娇媚的声音弥漫在包房里，二层小楼外面的道路上，有两三个行人也不禁停下脚步，侧耳倾听。

"这首歌的歌词你不懂吗？听了这样的一首净琉璃①，你还忍心抛弃我吗？"女人的眼时不时恨恨地斜着看向男人，仿佛在如此倾诉道。

走廊栏杆的另一侧，繁星满天的夜空在永代寺的树梢上无限地扩展开来，在偷偷地窥视阿艳的背影。

就在这时，有个人慢悠悠地爬上了楼梯，嗖的一声，打开了外面的一层拉门。

---

① 在三味线伴奏下进行说唱的一种艺术形式。

"你是新助先生吧！初次见面，我是砂村的德兵卫。"

他就站在房间的入口处，郑重地低下头，打了声招呼。他的右手拿着罗纱革的烟袋，滤网纹的铭仙棉袍，再加上蓝色细纹短褂，看起来是一个和蔼可亲的胖乎乎的男人。

"安静点不行吗？我正在练习呢。"

两个人初次见面，正在互致开场白时，被阿艳冷冷地打断了。她头也不回地继续弹她的曲子。

"哎呀不好意思，我找你有点急事，不会占用你很长时间的，方便的话，可以到楼下聊几句吗？"

德兵卫使了个眼色，看向女人的脸。

"我知道有事，不过我今晚哪也不去。我会把这么重要的一个男人丢下，自己一个人走开吗？我可不。"

"你误会啦！我说的事情和这位新助先生有关。"

"你什么时候到这里来的？都没见过面，你怎么知道他是新助？真奇怪！"

阿艳终于把三味线搁在了一边，开口问他。

"我刚刚来的，在楼下听到你一直叫小新、小新的，所以就大概猜出来了。不管怎么说，你本来还以为他死了的，现在看到他活生生地站在面前，对阿艳你来说，可没有比这更值得高兴的事啦！"

"那你就别打扰我们太久了，有什么话就在这里说吧。"

"哦，哈哈！反正你也找到你的男人了，有什么话你们可以慢慢聊的嘛，我不会占用太多时间的，麻烦你，还是下来一下吧？"

新助内心里有一种莫名的不安，他默默地听着两人的交谈，一开始的时候还在担心，会不会有什么事呢？但看到德兵卫自始至终都很淡定沉稳，渐渐地也就放下心来，到后来甚至对阿艳的任性感到有点过意不去了。

在为人和善的新助看来，女人完全是把这个"砂村的老大"当做木偶一样对待了。曾经的阿艳——就是现在的染吉已经变得这么骄横了吗？他的内心又是一阵惊讶。

"喂，阿艳！"新助用客气而低沉的语气说道，"老大都说到这分上了，你没有理由再拒绝了。我也没有什么特别要说的话了，你就乖乖跟他去一下吧。"

"既然你都说了，那就这样吧。"

女人略带讽刺地笑了笑，难得迅速地接受了他的意见。她在镜子前面把乱蓬蓬的头发捋了一下，把外套正了正。

"新助，我很快就回来，你稍等一下，可别哭鼻子哦。其他的事倒无所谓，但既然是关于你的事，我也不能不管。"

"说什么呢，我就简单说几句，您不用担心。好啦，您好好待着！"

说着，二人走下了楼梯。

莫非是业平町那边派人来抓自己了？或者是清次听到了什么风声，让这个德兵卫来强行交涉的？虽然对方说了"不用担心"，但新助心里还是忐忑不安。

如果是第二种情况的话，毕竟明天就要去自首了，也没有害怕的理由，但如果是第一种情况的话，新助该怎么和金藏交代呢？"明天你一定要去自首啊！"这是离开业平町的时候对方交代自己的话，可是自己已经完全违反了约定。

"阿艳真是个厉害的女人，为什么和她见面之后，自己的意志就这样被消磨掉了呢？不管有什么情况，明天早上我一定得去自首了。"

新助在心里对自己说道。

楼下的谈话持续了很长时间。时不时传来敲击烟袋的声音，阿艳那尖锐的声音一点也没有传到二楼来。

大概过了小半个时辰，女人的声音才开始传了过来："那你等一下，看他怎么说。"

然后，阿艳仓皇失措地跑上二楼，她的神色明显异于寻常。

只见她弯着腰蹲坐到地上，把脸凑到了新助的眼前。

"你们到底说什么了？"看到她那个样子，新助已经不能再沉默了，于是开口问道。

"新先生你……"

说着，女人仿佛注意到了什么，她再次站了起来，似乎是担心隔墙有耳，她把拉门前后左右以及楼梯等位置都查看了一番，然后又返回继续说道："你说过的，你做了坏事明天要去自首之类的，我告诉那个德兵卫也没事吧？……你就算不愿意也没办法了。实际上，我想了一下，还是把事情都告诉了……"

新助的脸唰的一下白了。他虽然有了自首的决心，但还是想在活着的时候被当作一个好人的。

"那倒也没关系，但是被外人知道了可不是什么光彩的事，如果可能的话，我还是希望不要让人知道。"

"但是新先生，如果我不跟他说的话，今晚你就有生命危险了。"

说完，女人又不自觉地扫了一眼门口。

"我和德兵卫聊的时候他说了：'新助是你所爱的男人，所以我也就不说客套话了。你留他在这里多久都行，不过条件是，今晚得劳驾借你一夜。'他是要把我作为工具，说有条赚钱的门路，让我和他一起去向岛一个叫做芹泽的旗本的家里。我怕你担心，所以就拼命地和他磨。本来呢，如果你不在这里的话，我就答应他，今晚就去向岛了，但总觉得事情有些不对劲。他虽然现在说得好听，但迟早会拿钱来要挟我，我能不能获得自由全在于他了。而且说不定我不在的话，他可能会设法把你骗出去杀掉。或者会不会是清次那个家伙看到你了，请人来杀你的？如果知道你明天就去自首，说不定他就不会杀你了，想到这儿我就觉得，还是告诉他比较好。我是什么都说了，因为除此之外也没别的什么办法了。"

"然后那老大怎么说呢？"

"他说，没想到那么斯文的男人居然也会杀人，他连胆子都快吓破了呢。看他那么害怕，看来不敢做什么出格的事了，所以不要担心。不过，小新，话说回来，我从他那儿听说了很多很多的事情，总之今晚我是无论如何躲不过的了，我这就准备去向岛了。"

阿艳说自己明天早上就会回来，执拗地劝他再住一个晚上。按照她所说的，如果是一般的客人点名叫到酒席上去，那她当然会拒绝的，但唯独向岛芹泽家，今晚她要是不去的话，那就会出乱子——会损失一百两左右的金币。只是这样倒还罢了，但这个工作实际上是她和德兵卫合伙实施的一个类似于敲诈勒索的骗钱计划，一旦时间上出了差错，那整个计划就全完了。

她试图用这个借口挽留男人，于是才半真半假地信口开河。

新助越听越觉得眼前的这个女人堕落得让人可怜。曾经的骏河屋千金大小姐，如今居然会去敲诈一个旗本，怎么会变化那么大？

他惊呆了。

他连给出忠告的勇气都没了，只是焦躁不安地想着尽快离开这个危险的地方。

"既然是那么重要的一次邀请，你就不要拒绝了。我的话也说完了，在这里待多久都是一样的，好在你有活儿做了，我们干脆就此别过吧。自首晚一点早一点其实都无所谓。"

阿艳低下头拨弄了一下火盆里的灰，一边很忧郁地思考着什么。然后她终于下定了某种决心，猛地抬起头来说道："你既然决心这么坚定了，那现在也没什么办法了。说真的，我是想多留你一天，所以才想了很多说辞，现在我也死心了。我说过要去向岛，明天才能回来，那都是骗你的。我半夜丑时就能回来了，你至少等我到那时候吧，我一定会回来的。"

等男人终于答应下来之后，女人又觉得不放心，于是说道："还是今晚子时左右吧，你扮作帮我提乐器的助手来接我。"新助刚一拒绝，阿艳就很生气，坚持说："这是我最后的恳求，你难道不该满足一下吗？再不答应的话，就算德兵卫再说什么，我也不出去了。"

最后德兵卫也上来说和，无论他怎么恳求，怎么连哄带骗，阿艳就是不答应，无奈之下，新助最终只好答应了下来。

四

　　德兵卫和阿艳出去一个半时辰以后，子时的钟声刚响过，新助按照约定，扮作提箱子的助手前去迎接。

　　所谓的向岛的府邸，据说在从秋叶神社往前走二三百米远的地方，位于寺岛村的田野中央。新助沿着阿艳告诉她的那条马路往前走去。那地方挺远，离仲町还有大约四公里，所以阿艳曾特意交代他先坐轿子到半途再说，但他还想再看最后一眼这个人世，把江户深夜的模样都铭刻在脑海中。

　　刚离开仲町的花街柳巷，路上已经看不到行人了，没有一家还亮着灯火。在茑屋二楼中沉溺的三天两晚中，新助被极度的欢乐把魂都给腐蚀掉了，此刻有了一种在万籁俱静、冷飕飕的深更半夜吹来的冷风中苏醒过来的快感。

　　在走过吾妻桥的桥头时，他不禁想到了他在清岛町老家和在业平町的住处，于是回头面向它们所在的方位，双手合掌行礼，并满怀歉意地说道："父亲，老大，我明天一定去自首，请你们原谅！"

　　过了枕桥，来到繁茂的刚冒出新芽的樱花林堤坝上时，青铜色的下弦月升上了半空，就像某种不祥的前兆一样，倒映在大川河的水面。

他停住脚步，看了看悠悠流淌的黑色的河水和天上的月亮。来往于吉原的屋形船时不时寂寞地从河上穿过，再幽幽地朝着山谷堀方向前行。

问题是，今晚阿艳和德兵卫一起合谋去做什么坏事呢？就像金藏老大所说的那样，仲町一带的人对染吉有一句恶评，说她有着"和年龄不相称的大胆"，看来是真的了。新助以前一直很后悔，觉得如果自己不犯下恶事的话就能和阿艳结为夫妻了。但如果阿艳就是传说中的那种妖妇的话，就算自己没有瑕疵，那双方也不能走到一起。这么一想，反而很容易把这件事放下了……他心里一遍遍对自己重复说着类似的话，一边走下了牛御前坡。

他立刻认出了眼前就是那座位于寺岛村的住宅。之前听说过，它是身为旗本的某位武士所居住的别墅，看来它的主人真的特别富有，它就位于建仁寺的院墙包围着的树篱中间，那宏伟的结构，就算夜晚看过去也会让人惊叹。

从后门的缝隙间窥视里面的厨房门口时，尤其是今晚厨房土屋的防雨窗打开了两三尺，能看到隐隐透过来的灯火，但完全听不到人说话。

"晚上好，有人在吗？我是从仲町的艺伎事务所来的。"

门没有锁，所以他一边说着一边往里走。

"艺伎事务所的人怎么这个时候来啊？"

从那扇防雨窗中探出来一张像是管家的脸，手里提着灯笼，用充满怀疑的眼神照了照新助后说。

"嗯……"新助傻笑了一下，"实际上，我是来接染吉姐姐的……"

"什么，接染吉来的？你这家伙，开什么玩笑！"

管家不由分说地大声呵斥他。

"……您肯定也是同伙吧？你们所做的事情都已经露馅了。骗了我家大人那么多的钱，哪能轻易饶了你们！"

新助惊呆在原地，此时，房子中突然又响起了愤怒的吼叫声。

"啊？什么骗子？你别装疯卖傻！是你自己色迷心窍，送给我们的钱怎么叫骗呢？"

说这话的毫无疑问就是德兵卫了，他在连珠炮似的斥责着对方。

"既然你颠倒是非，那事到如今我们也不用再隐瞒什么了，确实是我和德兵卫一起陷害你的。但是芹泽先生，就连你都被骗了，所以你自认倒霉，狡辩一下也是理所当然的。如果你觉得很不甘心，要杀要剐都随你便，一百两也好，一千两也好，到手的钱我是不会还给你了。"

像是暴风雨前一刻的宁静一样，屋子里顿时鸦雀无声，只能听到冷静从容的阿艳那威风凛凛的声音。

其间，德兵卫喊了一句"妈的，拔刀了！"之后，传来了阿艳那尖厉的声音："这个贱东西，不知天高地厚！"同时，传来了三四个人叮叮咣咣缠斗在一起的声音。

踢推拉门的声音，咚的一声倒在榻榻米上的声音，以及兵刃相交发出的咔嚓咔嚓的声音……最后，"啊"的一声惨叫过后，就见德兵卫从厨房门口跑了出来，他那圆乎乎的脸上血淋淋的。

之后就是头发乱蓬蓬的阿艳跑了出来，但她很快就被一个从后方追来的武士揪住了衣领，拖到了他高举着的刀下。

新助一言不发地从没有铺设地板的土屋中冲进去，一把攥住了侍卫的手。

"你生气也是对的，但是，这个女人没有罪，请您饶了她吧!"

"你是什么人?!"

那个武士收了刀看着他问道。这是一个眉清目秀的英俊男子，年约三十五六岁、剃着月代头，黑褐色的纺绸夹衣上系着黑天鹅绒的带子，气质高雅。

"我是仲町艺伎事务所的，来接那位姐姐。我不知道怎么说您才相信呢，您也是一位很有身份的人，太冲动的话，传出去也不好听，请把刀收起来吧。"

"那今晚就先放过你!"

芹泽把女人松开，让她咚的一声倒在地上。

"钱我就全给你了，我们一刀两断，以后不准你再踏进这里一步。"

说完，大步流星地朝里屋走去。

"哼，笨蛋，你让我来我还不来呢!"

阿艳目送他的身影离开，恨恨地说道。

先前的管家不知到哪里去了，完全看不到他的身影。唯有德兵卫，抱着他被砍伤的头，坐在门口的地板横框处痛苦地呻吟着。他除了头部之外，胳膊和大腿处也受了很重的伤，这使他不再像平时那样沉稳，而像一个正在濒死挣扎的人。

"阿艳，阿艳!"

他微微地喘着气叫道。

"没有伤到要害，但是要让血再这么流下去，那我可就没救了。

芹泽这混蛋……快让新助帮个忙，杀了芹泽，帮我报仇！"

"别说蠢话了，受了这么点伤你就怂了，真丢你自己的脸。那个管家不知道跑到哪里去了，在他没有叫来追兵之前，你拽着我，我们一起逃吧！"

阿艳毫不怜悯地抓过德兵卫的手腕，麻利地把他扶了起来。

听到"追兵"一词，新助不禁大吃一惊。如果在这里被捕的话，他该如何解释这又一次的罪行？但是也不能对这两人见死不救。于是他费了很大的力气去帮阿艳，两人一边一个架起了德兵卫的肩膀，跌跌撞撞地跑了出去。

在宅子后面人烟稀少的田间小路中忘情地狂奔了大概五六百米后，仨人躲到路边的杂树林后暂时歇口气。好在并没有看到什么手下追过来。新助从怀里掏出手绢，把它撕开，捆在还在不断流出血的伤者的伤口上。

仨人全身都染上了黏糊糊的血，已经分不出谁才是伤者了。

"新助先生，给你添麻烦了！"

德兵卫靠在坐在路边的女人的膝盖上，用沉痛的语气说道。

"只要这么走下去，到了家我就有救了，你是我的救命恩人啊！"

"老大，你真的没事了吗，能自己走吗？"

歇了一会，阿艳用饱含着情爱的亲切的语气问道。

"要是走不了的话我们俩就背着你，你试着站起来一下？"

"什么嘛，肯定能走啊！"

说完，德兵卫站了起来，但他摇晃了一下，几乎又要摔倒，只好再次扶住了女人的手腕。

"唉，老大啊，照这个情况看，根本走不了啊，不如我这样？你就安安心心地死去吧！"

阿艳突然抓住德兵卫的发髻，往地上猛地撞去，只听地面发出了咚的一声巨响。然后，她又从腰带中间抽出一把不知何时带来的剃刀，朝男人的脸上划去。

男人惊恐万状地从下面拼命地攥住她的手，用尽全身的力气把剃刀抢了过来，"反正我要死了，你也来陪葬吧！"说着，举起厚刀尖菜刀，反向阿艳砍去。

这是转瞬之间发生的事，又是在黑夜，一时之间分不清怎么回事，新助惊慌失措地在二人的周围转，偶然摸到正缠在阿艳脚上的德兵卫的脖子，他立刻加入进去，想要把他们拉开。

"你肯定也是一伙的，想要害我吧？好，你要杀就杀吧！"

说着他疯狂地冲过来，这次是朝着新助砍去。忽然菜刀就被夺走了。这时，阿艳又坐了起来，抄起德兵卫的脚摔了出去，然后又和他激烈地扭打成一团。德兵卫虽然受了伤，但毕竟是个男人，阿艳的力气和技巧都难敌得过，终于被他仰面朝天地摁在地上，死命地掐住脖子，眼看就要断气了。如果伤者这时候力气再大一点，她就被当场掐死了，但关键时刻德兵卫筋疲力尽了。

"新先生！你在做什么？"阿艳痛苦且声嘶力竭向他求救。

"……这家伙要把我掐死了……要是今晚我们侥幸能杀掉这个德兵卫的话，不光是我，你也就能够自由了。要杀这个家伙，没有比现在更好的时机了……我求你了，快点把他给解决掉！"

她不断地向他恳求，渐渐地，似乎她的生命已经接近了尾声，她的声音越来越弱，最后眼看就要突然中断了。

"畜生！啊，我不行了，小新，快救我！"

女人发出一声惨叫。这一声惨叫刚结束的一刹那，新助就把夺过来的菜刀的尖端扎进了骑坐在女人身上的伤者的后背。

但是对方毫不胆怯地紧紧抓住了新助的手，又踢又打又咬又挠地挣扎着。

他在杀三太和清次老婆的时候都没有经受过这么猛烈的反抗。

两人不光是站着，有时倒在地上，有时连滚带爬，有时揪着对方的头发……打斗很是激烈，直到新助偶然间把刀扎进了对方的侧腹部。

"啊！阿艳，我就算死了，也要变成鬼来找你！"

德兵卫发出一声惨叫，全身都开始抖了起来。同时他的心脏受到了第二次重创，他发出"啊"的一声惨叫，抓住对方的两腕，直到身体变得僵硬。

"变鬼来找我吧，活该！"

阿艳说道。

"这是第三个人了。我真是没救了……求你了，陪我一起死吧。"

新助好不容易把缠住自己身体的尸体掰开之后说道。此刻他的胸口还在怦怦直跳，牙齿还在哆嗦个不停。

"你说什么呢，那样的话，我们杀他还有什么用啊。反正你和这事情没有太多牵连，你就装糊涂吧，谁也不会知道的，所以你就干脆给我放心大胆地活着就行了，我可不想去死。"

新助已经理不清事情的前因后果了。他眼睁睁地看着自己被这个女人欺骗，在固执了三天之后，此刻他已经妥协了。

"那你是同意我说的了？好啊，太高兴了！"

阿艳欢呼雀跃着把自己投进了男人那血迹斑斑的怀抱之中。

新助就像死了一样僵直在那里，思绪万千。

旁边的阿艳开始独自着手处理尸体。"去了阴曹地府就什么都用不上了。"说着，她把手伸进尸体怀中，先把装有一百两金币的腰包拽了出来，然后把尸体身上的衣服全都扒掉，卷成一团用绳子捆好。她打算把所有可能成为证据的物品都拿走。

最后她又掏出剃刀，在德兵卫的脸上乱七八糟地划了几下，再把剃刀埋进了泥地里。

这样一来，尸体就算被发现，恐怕也辨认不出来了。

当天直到很晚，两人才选了一条人迹罕至的小路，悄悄回到了位于仲町的家中。

五

之后，砂村的手下们四下搜寻了一下德兵卫的去向，但没有丝毫的线索。问了芹泽，说是受了重伤之后那三人就一起跑了。问了阿艳，说是由于害怕追兵，大家就逃走了，途中就走散了，那以后再也没见过老大。虽说成功逃脱了，但根据当时受伤的程度来看，他的性命堪忧。

贼运亨通的两个人暂时骗过了周围的人，毫不忌惮、旁若无人地过起了既有趣又可笑的日子。

虽然染吉承受着辛辣无情的评论，但她的名声在仲町还是越来越大，看上去她的鼎盛时期还将长久地持续下去。

但是就在凶案发生的那一晚过去大约半个月之后，某天早上，突然有人来敲茑屋的格子门了："有人在家吗？"

出乎意料的是，来的竟是业平町的金藏。当时新助正在火盆边喝早酒，一听到他的声音，就慌忙朝楼上跑去。

而在楼下，阿艳和金藏开始一问一答地交谈着。

"那个人我不知道。"女人从头到尾都在装傻，说起话来也是冷冰冰的。

"你要说他不在这里我也没办法，如果当事人不愿意，就算翻箱倒柜把他找出来了也没用，那我就老老实实回家了。不过染吉小姐，如果你以后见到新助了，麻烦帮我转告几句话，我也是男人，曾经发过的誓，就算他不遵守，我也肯定会遵守的。我不会乱说话的，所以请放心，但是有一个条件，如果他那么珍惜性命，那就请他从今往后管好自己，不要给我丢脸，不要自寻短见，重新做人。当然，他从离开我家之后，可能也没做过什么出格的事，但是，至少从今往后要好好想一想，不要走上歪路。这些话麻烦你一定给我传达……好了，打扰了！"

说完，金藏就回家去了。

"新先生，我干得漂亮吧！"

阿艳来到二楼，正想吹吹自己的功劳，但看到男人那闷闷不乐的样子之后，便说道："你要是那么在意，干脆我们把他也干掉吧？"

"我倒是也想过。不过，要是把这个老大杀了的话，我就算死了也必遭天谴。"新助叹息着摇了摇头。

但杀人盗钱的计划开始在他的心头萦绕。他感觉到，从血淋淋的罪业之中站起来的夫妇俩，如果缺少了血淋淋的刺激，那相互间的快乐也就变得很淡了。

只要一看到人的脸，他就会立马想到那肉体变成尸体的惨烈画面。他甚至盼望再有一两个人送上门来，由他来终结他们在这世上虚幻的一生。

此时，船老大清次因为生意上的关系，不知何时又和阿艳有所接触了。他的船员旅馆生意很红火，再加上他有着各种各样来历不明的收入，一年从头到尾都春风得意，房子也改建得豪华气派，已经成为高桥一带最富有的人物之一了。他的地位也很高，在船老大同行之中被奉为业界老大。

他原本还心存一个遗憾，因听说德兵卫已经死去，于是他开始接近和讨好阿艳，努力想要俘获她的芳心。

阿艳从一开始就心怀鬼胎，所以也没有特意冷落他，只是虚与委蛇，敷衍应付。

"既然你那么爱我，那我也不讨厌你，不过中间还隔着一个阿市呢，这让我总觉得不痛快。"

每次他上门求爱时，她就用这借口来逃避。

阿市是清次娶的第三个老婆，以前是葭町的一个艺伎，两三年前就已经成为他的小妾了，在前任老婆被杀之后她就被带回了现在的家。

她不算什么大美人，但不知为何，清次在她面前就是感觉抬不起头来，但凡出轨了，或是哪怕有点鸡毛蒜皮的小事，就会被她揪着前胸推推搡搡。

所以就算他再迷恋阿艳，也干不出把阿市逐出家门之类的事情。

"她在也没关系啊，我会想方设法不让她知道的。"他说道。

"那我可不答应。既然喜欢我，就要把其他的女人甩了，让我做正房。"每次阿艳都出这样的难题让清次难堪。

"对吧清次先生，你说喜欢我，实际上只是嘴上说说罢了，对吗？如果真是喜欢我，那就把攥着你做坏事把柄的阿市给杀了，怎么样？"阿艳看准时机唆使他，"连什么罪过都没有的新先生你都杀了，这种勇气应该有的吧?"

"那是三太干的，跟我无关啊！话说，你现在变得真厉害啊！"

清次很是惊讶，但对于她的教唆似乎也有点心动。

"等着瞧吧！这次要一把拿下清次夫妇俩，报过去的仇！"在莺屋二楼的枕边私语中，情侣二人时常悄悄这样密谈，并共同期盼着机会的到来。

新助在早晚外出时都很小心，尽量不让别人看见自己的脸。

在那年的七月，机会终于来了。

清次的同党中的某一个人被捕了，于是以前做过的坏事眼看即将败露，无奈之下，他这几天开始收拾家当，准备去乡下避一阵风头。

杀了阿市这个累赘，希望阿艳和我一起逃走。当然，我把所有的钱财都带着了，趁半夜我们一起坐船逃走吧——当他跟阿艳如此这般商量之后，阿艳强行抑制住内心的激动，立刻表示同意。

盂兰盆节过去四五天之后某个晚上的十点钟就是他要杀死阿市、逃离江户的限定时间。在那前一天，清次便做好了所有的安排，给所有工人放了假，出售和处理了家具物件，唯独把老婆留在了身边："就你一个人跟着我跑吧！"。

他让阿艳以当晚十点的钟声为号，从厨房门口偷偷溜进来，在那之前他会把阿市处理掉。

阿艳早就和新助谋划好了，她只用一条高祖头巾①把脸遮住，在约定的时间准时从船员旅馆的厨房溜了进去。

---

① 江户、明治、大正时期女性防寒所用头巾。

"这儿呢，这儿呢！"主屋里点了灯笼，清次叉着腿挺立着。他的脚下是仰面朝天倒下、似乎想要挣扎着抓住半空中什么东西似的阿市。

"刚解决完，还挺费事的。"他还在气喘吁吁地说着。

"她长什么样？快给我看看！"

阿艳慢悠悠地把灯芯挑亮，凑过去看清次老婆的样子。也许是因为喉咙被掐住了而充血的缘故，阿市面色红润，就跟活着时一样漂亮，痛苦的表情看起来也像在笑，只有直勾勾盯着天花板的眼睛让人感觉有点可怕。

"户外就停有船，我们把她也一起装进去，到了河中间再沉下去……钱有这么多。"

清次说着，把装有五百两金币的沉甸甸的草编织袋扑通一声丢到她的面前。

这时候，厨房的门又悄无声息地打开了。

溜进来的是新助。

"清次先生，好久不见，阿艳给你添了太多的麻烦，真是对不起啊！"

"什么！这不是新助先生吗?!"

清次脸色煞白，他看着站在面前的男子把包住头部和脸颊的手巾取了下来。

他穿着用鸣海地区产的扎染布料做的浴衣，上面有牛车车轮徽章和波浪纹。系着马缰条纹的腰带，头发蓬松浓密，身形虽然有了变化，但毫无疑问这就是新助。

"你没看错，我就是新助。我和以前可有点不一样了，杀死你老婆和三太的事儿，都是我干的。"

没说上几句话，两个人的决斗就开始了。清次手里没预备有任何的刀具，瞬间就被砍杀得只有招架之功没有还手之力。

阿艳冷不防从身后伸出手去，把正要呼救的清次的嘴堵了个严严实实。

新助趁此机会把他彻底地杀死了。

偷来的五百两金币被两个人尽情地挥霍，在那一年的岁末就已经全部用光了，此时两个人那可怕的恋情也刚好持续了一年。

"找一个好的差事，过个好年吧！"

囊中羞涩之下，两个人又开始合计起来。不过也没有什么太合适的，于是阿艳又重拾自己的老本行，干起了骗人钱财的勾当。

新助对她的爱慕之情随着自己的日趋堕落而变得愈加浓烈。对阿艳每次说出去骗男人钱所以要晚点才回来一事，新助很是不满。

"真拿你没辙。我这么爱你，我有没有花心，你应该能感觉出来啊，你这样我还怎么做生意？"

阿艳每次都只是笑了笑，根本就不当一回事。

回家很晚倒还好，往往有时候新助一晚上都没睡，一直在等她，但她直到第二天早上才终于回来。

新助心下有些疑虑，说了她很多次，但阿艳每次都很淡定地说："艺伎参加的酒席是有很多门道的，况且有时需要应酬一下客人，假装喝醉了住上一晚也是常有的事。如果没有这种敷衍应付的本事，是骗不到客人钱的。"

每当说起这些，她总会强调自己贞操的纯洁。就算新助已经变成了恶人，但内心还是很正直，他至今都没有看透这个社会。

他只认识染吉，也就是阿艳这一名艺伎，所以尽管每次都心怀嫉妒，但最终还是相信了她。

女人住在别处的次数渐渐越来越多。每次回到家中，都絮絮叨叨地辩解说，昨晚被哪里的客人叫去了哪里的酒席等等，但她的一举一动始终都显得很慌张，一点都不沉稳。

在新助看来，她的心中似乎充满了无尽的喜悦。

有一天晚上，她喝得烂醉如泥，狼狈地靠在客人的肩膀上回来了。

"新先生，这位可是这段时间一直关照我的一位很重要的客官哟！你也不是不认识，赶紧过来见一见，然后大家和好吧。你要好好地感谢人家！"

她的语气中带着几分歹毒的意味。所谓的客官，就是先前和德兵卫打过一架的旗本芹泽。新助在那天晚上见到他的第一面时就有过这种感觉——他眉眼之间有一种凛然之气，轮廓分明，是一个让人见了自然而然就会自惭形秽的品格高雅的男人。今晚这么近距离观察之下就更是如此。

"但这个男的……"此时他才意识到了什么。

"是新助吗？过去的事情就让他过去吧，我们和好吧！我在寺岛村的寒舍，希望你有时间也能来玩玩。"

芹泽那看上去就显得很聪明的薄薄的嘴唇上泛起了一些笑意。看来他也已经喝得酩酊大醉了。

在没有确凿的证据之前，新助一直克制着自己内心熊熊燃烧的妒火，一直在保持沉默。

他感觉如果自己搞砸了，反而会被阿艳反咬一口的，所以他必须要捉奸在场。

每晚他都悄悄地打探女人的去向，收买受雇的艺伎，让她们打听客人们所说的闲话。

经过长达一个月的调查，最后他大致明白了自己的推测是正确的。

但是他所了解的事情都只有间接的证据，一直苦于没有捉奸在场的机会。

女人始终把新助想得太简单，一回到家里就煞有介事地说一些很不靠谱的谎言，告诉他各种各样的顾客的事，但她其实一直去的都是芹泽的酒席。

看清了她那些假模假样的举动之后，新助再也忍不住了，在正月三日这天晚上，他终于开始接二连三地对她发起诘问。

"既然你都知道了，那也没办法了，看来你也长大了，变聪明了……"新助原以为阿艳会矢口否认的，但没想到她只是冷冷地看着他，用嘲讽的语气说道。

"没错，我是卖身给了芹泽。但是新先生，你也是艺伎屋的人，你好好想想吧。我手段再高明，光靠嘴也骗不了客人的钱啊。这里面的道道你大概也略知一二吧？我又不是一开始就很花心，我是为了让你过得开心才过得这么辛苦的，你不感激我，反而说一些傻话，你就装作不知道，什么都不说不就行了吗？话已经说到这分上了，我再告诉你，清次也好，德兵卫也罢，我都曾经把自己的身体给过他们哟！这些你现在都不知道，你就是根木头，不是吗？"

新助被骂得瞬间愣住了。女人的本意似乎就是要挑起事端，趁机撕破脸皮，然后跟他分手。

"原来如此，我真是个蠢货！没想到你竟是这样的人，我完全被蒙在鼓里了。好啊！你居然一直在骗我！"

他猛地抓住阿艳的衣领，把她拉倒在地上，顺手拿过竹制的晾衣架，劈头盖脸、啪啪的一下一下击打着她。在此过程中，新助觉得，一种就像被父母抛弃了的孩子一样无助、悲哀的情绪弥漫开来并堵住了他的胸口。

今晚的盘问居然是这样一种结果……这样凄惨的事情他做梦也没有想过。

和他相比，女人有着更深的心机。

被这个女人抛弃的自己，今后又将何去何从？

这些事是他之前万万想不到的。

"你要打就随便打吧。你猜对了，我已经喜欢上芹泽先生了。你这种蠢货，我早就腻了。"

这本是意料之中的事，但被她明确无误地说了出来，新助还是不由得"啊"了一声，握着晾衣架的手也松了。

一切都已经不可挽回了。想到这里，一股强烈的孤独感涌上了他的心头。

"我什么都不说了，是我不好。以后我不瞎猜了，只求你能回心转意。你再好好想想，我们再像以前那样好不好？"

新助嘴里反反复复地念叨着，跪在女人面前，低声下气地求她。但阿艳对此的回应却始终没有改变："我现在还有别的事，你再给我两三天时间，让我考虑一下吧。"

"杀死阿艳"一事，在那之后两三天，终于被他狠下心来实施了。

女人再没了当初的胆气，似乎很害怕被新助采取最后的手段。

她暗暗收拾行装，在第三天的深夜从茶屋的包房里逃了出去。

一直心怀戒备的新助一发现她逃走，立刻朝向岛方向追了过去。

在三围神社牌楼附近的堤坝上，女人从竹轿子中被拽了出来。

阿艳一边拉着新助的手一边跪着恳求道："新先生，我求求你，让我跟芹泽先生见一面后再杀我吧！"

她在被砍杀时一边四下奔逃，一边叫着："杀人啦！杀人啦！"

在断气之前，她还一直在呼唤新的恋人芹泽的名字。

（大正三年十二月作）

谷崎潤一郎
金色の死

图书在版编目（CIP）数据

金色之死／（日）谷崎润一郎著；覃思远译. —上
海：上海译文出版社，2022.9（2025.3重印）
（谷崎润一郎作品系列）
ISBN 978-7-5327-8937-5

Ⅰ.①金… Ⅱ.①谷…②覃… Ⅲ.①短篇小说-小
说集-日本-现代 Ⅳ.①I313.45

中国版本图书馆CIP数据核字（2022）第133572号

金色之死	［日］谷崎润一郎 著	出版统筹 赵武平
		责任编辑 董申琪
金色の死	覃思远 译	装帧设计 尚燕平

上海译文出版社有限公司出版、发行
网址：www.yiwen.com.cn
201101 上海市闵行区号景路159弄B座
上海新华印刷有限公司印刷

开本890×1240 1/32 印张3.75 插页3 字数54,000
2022年10月第1版 2025年3月第3次印刷

ISBN 978-7-5327-8937-5
定价：35.00元